新编新译
世界文学
经典文库

R E Q U I E M

新编新译
世界文学
经典文库

F O R

修女安魂曲

A

William Faulkner

[美]威廉·福克纳 著

许诗焱 译

作家出版社

N U N

新编新译
世界文学
经典文库

编委会

陈众议

路英勇

高　兴

张亚丽

苏　玲

王　松

叶丽贤

戴潍娜

袁艺方

代　　　　　　　　　序

经 典， 作 为 文 明 互 鉴 的 心 弦

陈众议　　　　　　　　　　　2020 年 11 月 27 日于北京

　　"只有浪子才谈得上回头。"此话出自诗人帕斯。它至少包含两层意义：一是人需要了解别人（后现代主义所谓的"他者"），而后才能更好地了解自己，恰似《旧唐书》所云："夫以铜为镜，可以正衣冠；以古为镜，可以知兴替；以人为镜，可以明得失"；二是人不仅要读万卷书，还要行万里路。读万卷书难免产生"影响的焦虑"（布鲁姆语），但行万里路恰可稀释这种焦虑，使人更好地归去来兮，回归原点、回到现实。

　　由此推演，"民族的就是世界的"（据称典出周氏兄弟）同样可以包含两层意思：一是合乎逻辑，即民族本就是世界的组成部分；二是事实并不尽然，譬如白马非马。后者构成了一个悖论，即民族的并不一定是世界的。拿《红楼梦》为例，当"百日维新"之滥觞终于形成百余年滚滚之潮流，她却远未进入"世界文学"的经典谱系。除极少数汉学家外，《红楼梦》在西方可以说鲜为人知。反之，之前之后的法、英等西方国家文学，尤其是20世纪的美国文学早已在中国文坛开枝散叶，多少文人读者对其顶礼膜拜、如数家珍！究其原因，还不是它们背后的国家硬实力、话语权？福柯说"话语即权力"，我说权力即话语。如果没有"冷战"以及美苏双方为了争夺的推重，拉美文学难以"爆炸"；即或"爆炸"，也难以响彻世界。这非常历史，也非常现实。

　　同时，文学作为人类文明的重要组成部分，是人类进步不可或缺的标志性成果。孔子固然务实，却为我们编纂了吃不得、穿不了的"无用"《诗经》，可谓功莫大焉。同样，马克思主义的经典作家向来重视文学，尤其是经典作家在反映和揭示社会本质方面的作用。马克思在分析英国社会时就曾指出，英国现实主义作家

"向世界揭示的政治和社会真理，比一切职业政客、政论家和道学家加在一起所揭示的还要多"。恩格斯也说，他从巴尔扎克那里学到的东西，要比从"当时所有职业的历史学家、经济学家和统计学家那里学到的全部东西还要多"。列宁则干脆地称托尔斯泰是俄国革命的一面镜子。这并不是说只有文学才能揭示真理，而是说伟大作家所描绘的生活、所表现的情感、所刻画的人物往往不同于一般的抽象概括、冰冷的数据统计。文学更加具象、更加逼真，因而也更加感人、更加传神。其潜移默化、润物无声的载道与传道功能、审美与审丑功用非其他所能企及，这其中语言文字举足轻重。因之，文学不仅可以使我们自觉，而且还能让我们他觉。站在新世纪、新时代的高度和民族立场上重新审视外国文学，梳理其经典，将不仅有助于我们把握世界文明的律动和了解不同民族的个性，而且有利于深化中外文化交流、文明互鉴，进而为我们吸收世界优秀文明成果、为中国文学及文化的发展提供有益的"他山之石"。同样，立足现实、面向未来，需要全人类的伟大传统，需要"洋为中用""古为今用"，否则我们将没有中气、丧失底气，成为文化侏儒。

众所周知，洞识人心不能停留在切身体验和抽象理念上，何况时运交移，更何况人不能事事躬亲、处处躬亲。文学作为人文精神和狭义文化的重要基础，既是人类文明的重要见证，同时也是一时一地人心、民心的最深刻，也最具体、最有温度、最具色彩的呈现，而外国文学则是建立在各民族无数作家基础上的不同时代、不同民族的认识观、价值观和审美观的形象体现。因此，外国文学，尤其是外国文学经典为我们接近和了解世界提供了鲜活的历史画面与现实情境；走进这些经典永远是了解此时此地、彼时彼地人心民心的最佳途径。这就是说，文学指向各民族变化着的活的灵魂，而其中的经典（包括其经典化或非经典化过程）恰恰是这些变化着的活的灵魂。亲近她，也即沾溉了从远古走来、向未来奔去的人类心流。

此外，文学经典恰似"好雨知时节"，"润物细无声"，又毋庸置疑是各民族集体无意识和作家、读者个人无意识的重要来源。她悠悠地潜入人们的心灵和脑海，进而左右人们下意识的价值判断和审美取向。还是那个例子，我们五服之内的先人还不会喜欢金发碧眼，现如今却是不同。这是"西学东渐"以来我们的审美观，乃至价值观的一次重大改变。其中文学（当然还有广义的艺术）无疑是主要介质。这是因为文学艺术可以自立逻辑，营造相对独立的气韵，故而它们也是艺术化的生命哲学；其核心内容不仅有自觉，而且还有他觉。没有他觉，人就无法客观地了解自己。这也是我们有选择地拥抱外国文学艺术，尤其是外国文艺经典的理由。没有参照，人就没有自知之明，何谈情商智商？倘若还能潜入外国作家的内心，或者假借他们以感悟世界、反观自身，我们便有了第三只眼、第四只眼、第N只眼。何乐而不为？！

且说中华民族及其认同感曾牢固地建立在乡土乡情之上。这显然与几千年来中华民族的文化发展方式有关。从最基本的经济基础看，中华文明首先是农业文明，故而历来崇尚"男耕女织""自力更生"。由此，相对稳定、自足的"桃花源"式的小农经济和自足自给被绝大多数人当作理想境界。正因为如此，世界上没有其他民族像中华民族这么依恋故乡和土地（柏杨语）。同时，因为依恋乡土，我们的祖先也就相对追求安定、不尚冒险。由此形成的安稳、和平性格使中华民族大抵有别于西方民族。反观我们的文学，最撩人心弦、动人心魄的莫过于思乡之作。如是，从《诗经》开始，乡思乡愁连绵数千年而不绝，其精美程度无与伦比。"昔我往矣，杨柳依依；今我来思，雨雪霏霏"（《诗经》）；"露从今夜白，月是故乡明"（杜甫）；"举头望明月，低头思故乡"（李白）；"春风又绿江南岸，明月何时照我还？"（王安石）。如此等等，不一而足。当然，我们的传统不尽于此，重要的经史子集和儒释道，仁义礼智信和温良恭俭让，以及少数民族文化等皆是中华传统文化的组成部分。而且，这里既有六经注我，也有我注六经；既有入乎其内，也有出乎其外，三言两语断不能涵括。诚然，四十多年，改革开放、西风浩荡，这是出于了解的诉求、追赶的需要。其代价则是价值观和审美感悦令人绝望的全球趋同。与此同时，文化取向也从重道轻器转向了重器轻道。四海为家、全球一村正在逼近；城市一体化、乡村空心化不可逆转。传统定义上的民族意识正在淡出。作为文学表象，那便是山寨产品充斥、三俗作品泛滥。与此同时，或轻浮或狂躁，致使伪命题及去心化现象比比皆是；文学语言简单化（却美其名曰"生活化"）、卡通化（却美其名曰"图文化"）、杂交化（却美其名曰"国际化"）、低俗化（却美其名曰"大众化"）等等，以及工具化、娱乐化等去审美化、去传统化趋势在网络文化的裹挟下势不可挡。

正所谓"彼亦一是非，此亦一是非"，如何在全球化这把双刃剑中取利去弊，业已成为当务之急。"不忘本来，吸收外来，面向未来"无疑是全球化过程中守正、开放、创新的不二法门。因此，如何平衡三者的关系，使其浑然一致，在于怎样让读者走出去，并且回得来、思得远。这有赖于同仁努力；有赖于既兼收并包，又有魂有灵，从而在人类命运共同体的旗帜下复兴中华，并不遗余力地建构同心圆式经典谱系。毫无疑问，唯有经典才能在"熏、浸、刺、提""陶、熔、诱、掖"中将民族意识与博爱精神和谐统一。让《红楼梦》《三国演义》《水浒传》《西游记》等中国文学经典的真善美成为全世界共同的精神财富吧！让世界文学的所有美好与丰饶滋润心灵吧！这正是作家出版社与中国社会科学院外国文学研究所精心遴选，联袂推出这套世界文学经典丛书的初衷所在。我等翘首盼之，跂予望之。

作为结语，我不妨援引老朋友奥兹，即经典作家是好奇心十足的孩子，他用手指去触碰"请勿触碰"之处；同时，经典作家也可能带你善意地走进别人的卧室……作家卡尔维诺也曾列数经典的诸多好处；但是说一千、道一万，只有读了你才知道其中的奥妙。当然，前提是要读真正的经典。朋友，你懂的！

目　录

第 一 幕

法 院

（ 城 市 之 名 ）

　　法院比城市的年头短，它开始于接近上世纪末的某个时候，当时是契卡索人管理署的货栈，在被发现之前的三十年间一直是，倒不是因为它缺乏存放文档的地方，显然也不是因为它需要这么个地方，而是只有创造或者以某种方式颁布一个地方，它才可以应付当时的局面，否则就需要花费某个人的钱财。

　　定居点是有文档的；甚至是对于印第安人的简单驱逐都实时产生了微少的一点档案，更不用说那些常见的废纸，记录人类摇摇欲坠的联盟以对抗环境——那种时代和那种荒野；——记录和契约，以及税务和自卫队名单，以及贩卖奴隶的账单，以及伪造货币和兑换率的账房清单，以及抵押和按揭，以及搜寻逃跑或者被窃黑人和其他牲口的悬赏，以及出生和结婚和死亡和公开绞刑和土地拍卖的日记式标注，那三十年间在邮局—货栈—商店后屋的某个铁质海盗箱中慢慢地累积，直到三十年后的那一天，一次越狱被从卡罗莱纳骑马三千英里运送来的一把老式大铁挂锁解决，这个盒子被移到了一间新建的小披屋，像是两天前靠着破烂、歪斜的监狱外墙修建的一个存放木头或者工具的棚子；约克纳帕塔法法院由此诞生：只是出于偶然，不仅仅在于它甚至比监狱的年头还要短，而且在于它能存在完全是通过偶然的机会和事件：装有档案的盒子不是从任何地方搬过来的，只是被搬到了一个地方；被搬出货栈后屋的原因，与后屋或者盒子都没有内在的联系，而是正好相反：它——那个盒子——在后屋中不仅没有挡着谁的道，当它不在那儿的时候甚至还被想念，因为它以前在装火药、威士忌的小桶和装盐、猪油的木桶中间一直被当作另外一个座位或者凳子，在冬日的夜晚围在炉边，它被搬走只是因为突然间定居点（一夜之间它就会变成一个城镇而之前连个村庄都不是；大约一百年间的某一天它就会从共同的沉睡状态中疯狂醒来，涌现出扶轮社和狮子会和商会和城市美化运动；空洞鼓面上一次愤怒的击打，声音传不到任何地方，只是响声超过在它北面或者南面或者东面或者西面出现的下一个小小的人类聚集点，自封为城市就如同拿破仑自封为皇帝并且通过在人口统计表上作假来保卫这个权宜之计——一次发烧，一阵狂热，在此过程中它将永远混淆激动与运动，运动与进步。但那还在一百年之后；现在它是边境，男的和女的拓荒者，粗粝、简单而耐久，寻求金钱或者冒险或者自由或者简单逃避，并且不清楚他们如何才能做到）发现自己不是那么紧迫地面对一个必须去解决的问题，如同达摩克利斯的两难之剑，必须作出抉择才能挽救自己；

甚至连监狱也是偶然：一伙人——三个或者四个——属于拿切士足迹小道强盗帮（二十五年之后传奇将开始确立，一百年之后仍将流传，强盗中的两个来自哈尔普家族，当然是大哈尔普，因为越狱的状况和方式留下的像是一种气味、一股臭气、一种庞大而离奇的游戏感，既幽默又吓人，仿佛定居点落入了、撞上了一个无聊而古怪的巨人的视野或者势力范围。这种推断——他们来自哈尔普家族——是不可能的，因为哈尔普家族甚至是梅森派暴徒在此之前都已经死了或者解散了，强盗们将不得不属于约翰·穆雷尔的组织——如果他们需要属于某个组织而不是仅仅依靠劫掠的兄弟情义）偶然被某一伙民间自卫队之类的人抓住并送到杰弗生监狱，因为它距离最近，自卫队一伙是7月4日独立日烧烤活动前两天集结到杰弗生的人群中的一部分，烧烤活动到了第二天就删繁就简地变成了一个烂醉如泥的喧闹聚会，哪怕是最强悍的幸存者也完全不堪一击，普通居民都可以把他们逐出定居点，将要去完成抓捕行动的那伙人——仍然不省人事——已经被抬上了一架马车驱逐到距离杰弗生四英里被称为"飓风屁股"的沼泽地，他们驻扎在那里恢复精力或者至少恢复腿上的力气，就在那个夜晚四个——或者三个——强盗，刚刚在拿切士足迹小道抢了一票之后赶往藏匿之处时路过此地，跌跌撞撞地闯进了营地的篝火。在这里报告有了分歧：有人说指挥自卫队的中士认出其中一个强盗是他军团里的逃兵，有人说强盗中的一个认出中士原先是他强盗团的跟班。不管怎样，第四天早上他们所有人，抓捕者和囚犯，组团回到杰弗生，有人说他们已经结为同盟现在回来继续喝酒，有人说抓捕者把他们的战利品带回定居点以报复他们自己之前被驱逐。因为是边境、拓荒者和那样的时代，当时个人解放和自由几乎是一种实质条件，像火灾或者洪水，没有社区会去干涉任何人的道德只要那个不道德的人在其他地方作恶，因此杰弗生，既不在拿切士足迹小道上也不在密西西比河上而在两者之间，自然不想要两者地下世界中的任何一个。

但他们现在有了其中的一些，可以说是突然之间，未曾察觉，没有被警告去准备和防御。他们把强盗们放进木头和泥巴垒成的监狱，这地方之前一直没有锁，因为这里的客户到目前为止都是业余的——当地打架的人和醉鬼和逃跑的奴隶——对于这些人来说在外面门上的凹槽里插一根沉重的木头，就像是存放玉米的仓库那样，就足够了。但是他们现在有了四个——或者三个——狄林杰式的大盗或者杰斯·詹姆斯式的劫匪，每个人头上都有悬赏。所以他们锁上了监狱；他们在门上钻了一个孔并在门框侧柱上钻了另一个孔并将一长段沉重的链条从两个孔里穿过去并派了一个报信的跑到邮局—商店去把那个古老的卡罗莱纳锁从纳什维尔来的上一个邮包里拿出来——差不多有十五磅重的铁家伙，配套的钥匙差不多有刺刀那么长，不仅是国家的那个部分唯一的锁，也是美国的那个角落最老的锁，由三个即将成为与约克纳帕塔法镇同时代的拓荒者和定居者中的一个带到那儿，在它上面留下了三个最古老的名字——亚历山大·霍尔斯顿，来的时候是萨缪尔·哈珀山姆医生的半个马夫和半个保镖，是医生八岁的没妈的儿子的半个护士和半个家教，他们三个人骑着马从坎伯兰岬口穿过田纳西，跟他们一起的还有路易斯·格瑞尼尔，这位胡格诺教徒的小儿子将第一批奴隶带到了这个国家并被授予了第一个大面积土地专属证并由此成为第一个棉花种植园主；而哈珀山姆医生，连同他装着药片和刀的破旧黑包以及他健壮沉默的保镖和他的半孤儿孩子，成为定居点本身（有一段时间，在它被命名之前，定居点被称为哈珀山姆医生家的，后来变成哈珀山姆家的，后来简化为哈珀山姆；一百年之后，两个女士俱乐部为了获得免费的邮件递送而对街道命名产生了分歧，在此期间一场运动被开启，首先是将名字改回哈珀山姆；然后，没改成功，又将小镇一分为二，将其中的一半用老拓荒者医生和创建者的名字哈珀山姆来命名）——契卡索族首领老伊瑟提比哈的朋友（哈珀山姆没妈的儿子，现在二十五岁了，他娶了伊瑟提比哈的一个孙女并且在三十多岁的时候和他妻子的被逐出的同胞移民到了俄克拉荷马），先是非官方的，后来是官方的契卡索管理人，直到他在一封写给美国总统本人的愤怒的谴责信中辞职；并且——他的被照看人和学生现在已经成人了——亚历山大·霍尔斯顿成了定居点的第一个酒馆老板，建立了至今仍然被称为霍尔斯顿之家的酒馆，最初的木墙和地板和手工榫接仍然埋在现代压制的玻璃和砖饰面和霓虹灯之下的某个地方。锁是他的：

十五磅重的没用的铁块被拉了一千英里穿过沙漠，全是悬崖和沼泽、洪水和干旱和野兽和野印第安人和更野的白人，那十五磅换作食物或者用来种食物的种子或者甚至是保卫食物的火药更好，它变成了一个固定装置，一种地标，在荒野普通的酒吧里，不锁也不保护什么，因为沉重的门闩和百叶窗后面没有什么需要进一步去锁和保护；甚至都不是镇纸因为霍尔斯顿之家里唯一的纸是壁炉台上一只旧火药牛角罐里折起的小塞子用来点烟；总是有点碍事，因为它不得不经常被移动：从酒吧到架子到炉台然后又回到酒吧，直到他们最终想到把它放进每两个月运送一次的邮包；熟悉、熟知目前定居点里最老的不变之物，自从伊瑟提比哈和哈珀山姆医生死后没人比它更老，并且亚历山大·霍尔斯顿已经是个因关节炎而瘸了腿的老头，并且路易斯·格瑞尼尔在他广阔的种植园拥有了自己的定居点，其中一半甚至都不在约克纳帕塔法，并且在定居点很少见到他；比小镇还要老，因为现在镇上有了新的名字，尽管老的血统在其中流淌——萨托利和斯蒂文斯，康普森和麦克卡斯林和苏特潘和考德菲尔德——并且你不再仅仅在你的厨房门口站一会儿就能打到一只熊或者鹿或者野火鸡，更别提那个邮包了——信件和报纸——每两周从纳什维尔由一个特别的骑手送过来，他不做其他事，联邦政府为此付他工资；那就是卡罗莱纳大锁辗转进入约克纳帕塔法县法院的第二阶段；

邮包并不总是每两周到达定居点一次，甚至不是每个月一次。但是它迟早会到，并且每个人都知道它会到，因为它——牛皮马鞍袋的尺寸甚至都装不下一套衣服，里面有三封或者四封信件和信件数量一半的印刷粗糙的一页和两页的报纸，已经晚了三四个月并且通常一半有时全都一开头就是误导或者错误——是美国，自由的力量和意志，不忽略任何人，甚至将微弱的国家霸气之声带到那仍然几乎没有路的荒野，这个国家之前从地球上最强大民族之一的手中攫取了自由，然后又在同一生命周期中成功地捍卫了它；如此跋扈且高调以至于骑马驮着这个邮包的那个人甚至什么武器都没带，只带了一个锡制的喇叭，月复一月，公然地、明目张胆地、几乎是轻蔑地穿越一个区域，这里的人会为了抢一个过路人脚上穿的靴子就把他给杀了，并像对付一只熊或者鹿或者鱼一样掏空他的内脏，然后填满石头并让所有证据沉入最近的池塘；甚至都不屑于安静地通过这里，其他人，哪怕是带着武器的和结伴而行的，都尽量秘密地移动或者至少是不声不响，但他完全相反，用喇叭声宣告他孤独的行程，人还没到，喇叭声就从老远传过来。所以不久之前亚历山大·霍尔斯顿的锁就移到了邮包中。并不是邮包需要锁，反正它从纳什维尔到来的三百英里也一直没锁。（最初是计划把锁一直留在邮包里的。也就是说，不仅仅是当邮包在定居点的时候，也是当它在马背上从纳什维尔到定居点的途中。骑手拒绝了，简明扼要地，用了三个词，其中一个词是适于刊印的。他的理由是锁的重量。他们向他指出，这理由站不住脚，因为不仅——骑手是个虚弱暴躁的小个子，体重不到一百磅——加上锁的十五磅他的体重也达不到一个正常成年男性的标准，而且锁所增加的重量将只相当于一把手枪，这是他的雇主，美国政府，认为他带着的甚至付钱让他带着的，骑手对此的回答也很简明扼要但不是那么油腔滑调：锁的重量是十五磅，不论在定居点商店后门，还是在纳什维尔邮局后门。但因为纳什维尔和定居点之间相距三百英里，当马把它从一地带到另一地，锁的重量要乘以三百英里，或者说是四千五百磅。这显然是胡扯，不论是对锁还是对马都不可能。但不容置疑的是，十五磅乘以三百英里是四千五百，或者磅或者英里，——特别是当他们还在尽力弄明白这个问题时，骑手重复了他的前三个简明扼要的词——其中两个词不适于刊印）因此在货栈的后屋这个邮包就比以前任何时候都更不需要一把锁了，货栈再一次被文明所包围和封闭，在那里它完好无损，它要去接受一把锁的存在，证明它在三百英里劫匪出没的足迹小道中缺乏那种需要；对一把锁的需要与接受一把锁的装备一样稀少，因为必须在邮包口的每一边用刀在皮革上划一道缝并将锁的铁下颌穿过两道缝并推到位，这样任何其他一只手拿一把刀都可以从邮包上把锁整体切掉，就像把锁装上去一样简单。因此这把老锁甚至都不是安全的象征：它是致意的姿态，自由人对自由人，文明对文明，不仅仅跨越从荒野到纳什维尔的三百英里，而且是到华盛顿的一千五百英里：象征没有屈从的尊重，没有屈尊的效忠，他们之前帮助建立并带着骄傲接受，但仍然作为自由的人，当双方发现彼此不再合适，仍然可以随时从中抽身，老锁迎接邮包的每次到来，用铁和不容亵渎的象征主义撞击它，而老艾莱克·霍尔斯顿，那个没孩子的光棍，变得更老更灰白了一点，肉体上和脾气上都多了一点关节炎，骨头上和骄傲上都更僵硬和顽固了一点，因为锁还是他的，他只是把它借出去了，所以在一定意义上他在定居点是祖父，定居点的不可亵渎不仅在于政府邮件，也在于自由人的自由政府，只要政府记得让人自由地生活，不在政府之下而与政府并列：

那就是那把锁；他们把它装在监狱。他们做得很快，甚至没有等到信使从霍尔斯顿之家带着老艾莱克同意将其从邮包上拿下来或者用作新目的许可回来。不是他本来会依据自己的原则反对，也不是本来会仅凭直觉而拒绝许可；而是，他可能本来会首先这样建议，如果他及时知晓或者事先考虑过，但他本来会立刻拒绝，如果他认为这件事在盘算的时候没有咨询他。这件事定居点的每个人都知道，尽管这根本不是他们不等信使回来的原因。实际上，没有信使被派去找老艾莱克；他们没时间派一个信使，更别说等他回来；他们不想用锁去把强盗们关起来，因为（后来已经证明）老锁不对强盗们构成障碍，还不如普通的木闩；他们不需要用锁来保护定居点不受强盗的伤害，而是来保护强盗不受定居点的伤害。因为囚犯们还没有到达定居点之前，定居点就已经发展到有一个派系专注于凌迟他们，立刻，即时，无需准备——坚定的一小帮人尽力把囚犯从他们的捕获者手里夺走，而民兵们仍然在尽力找到某个人，让囚犯们向这个人投降，他们差一点就成功了，要不是因为一个叫康普生的人，他几年前来到定居点，带着一匹赛马，他用马跟继承伊瑟提比哈酋长位置的依科莫土比换了一平方英里的地，这将来会是杰弗生镇最值钱的地，据说他拔出手枪控制住捕获者，直到强盗们被弄进了监狱，孔被钻好，有人被派去取老艾莱克·霍尔斯顿的锁。因为现在定居点的确有新的名字和面孔——面孔如此之新以至于（在年长的居民看来）没有除了哺乳动物之外的可辨识的祖先，也没有超过他们所达到的年岁的过去；名字如此之新以至于根本没有可辨识（或者可发现）的祖先或过去，仿佛他们是昨天才被发明出来的，报告再次出现分歧：结果就是当时定居点的人口要多于一个或者所有强盗有可能认出的民兵队的人数；

因此康普生锁上了监狱，并且一个信使带着定居点的两匹最好的马——一匹骑一匹领路——穿过通往足迹小道的森林，骑行一百多英里去拿切士，带着捕获并控制罪犯的消息去争奖赏；那天晚上在霍尔斯顿之家的厨房里举行了定居点的第一次市政会议，在定居点将来变成小镇之后，这次会议是镇委会的雏形，并且在定居点将来宣称自己是一个城市之后，也是商业议会的雏形，由康普生主持，而不是老艾莱克，他现在非常老了，阴郁，沉默，就算在炎热的七月夜晚也坐在他大烟囱里一根焖燃的木头前，甚至背对着桌子（他对讨论不感兴趣；囚犯们已经是他的了，因为他的锁关着他们；不论会议的决定如何，在任何人能够触碰他的锁去打开之前都要提交给他批准），桌子旁围坐着杰弗生城建立者的先辈，差不多是个战争委员会，不仅讨论收取奖赏，而且讨论如何保留和保卫它。因为现在有两派对手：不仅有凌迟派，而且还有民兵帮，他们现在声称囚犯的奖赏仍然属于他们最初的抓捕者；他们——民兵们——仅仅是上交了罪犯的监护权但没有放弃任何奖赏：基于这一预期，民兵帮从货栈拿了更多的威士忌并在监狱前点燃巨大的篝火，在篝火旁他们和凌迟派目前已经在他们自己的酒宴或者会议上结成同盟。或者这只是他们的想法。因为事实是，康普生，以公共和平与福利危机的名义，已经对皮博迪医生——老哈珀山姆医生的继任者——的出诊包提出正式的要求，并且他们三个——康普生、皮博迪和货栈老板（他的名字叫拉特克里弗；一百年之后它将仍然存在于这个郡，但到那时为止，它已经传了两位继承者，这两人在传递词语的时候不用眼睛，只用耳朵，导致到了第四位继承者不得不被迫再次学习写这个名字的时候，它变成了拉特里夫）在威士忌酒桶里加了鸦片酊并将其作为来自定居点的礼物送给惊讶不已的民兵队长，然后回到霍尔斯顿之家的厨房去等，直到骚乱完全平息；接着法律和秩序方一举突围，捉住了所有不省人事的对立面，还有凌迟派和抓捕者，并把他们全部扔进了监狱，和囚犯们关在一起，再次锁上门并回家睡觉——直到第二天早上，最先到来的人遭遇了类似于舞台外景的一幕：这就是疯狂哈尔普传说的起源。不仅捕风捉影而且不可理解，不仅异想天开而且有一点吓人（但至少它是不流血的，这会让哈尔普兄弟俩都不满意）；不仅是锁从门上消失了，甚至也不是门从监狱消失了，而是整面墙消失了，泥巴糊缝、斧头榫接的木头整齐地断开，安静地在黑暗中同样整齐地堆向一侧，让监狱如同舞台一般向世界敞开，舞台上还横七竖八地躺着死去的叛乱者，还有一些陷入死一般的沉睡，整个定居点现在都聚拢过来，看康普生用力至少把他们中的一个人踢醒，直到霍尔斯顿的一个奴隶——厨子的丈夫，那个侍者—马夫—客栈掌柜——跑进人群大喊："锁在哪儿啊，锁在哪儿啊，老主子说锁在哪儿啊。"

锁没了（凌迟派中的三个人的那三匹马也一样）。他们甚至没能找到那沉重的门和链条，起初他们几乎被骗到去相信强盗们为了偷链条和锁而不得不带着门逃走，而将他们自己从这种恣意的理性指控的边缘拉回来。但是锁没了；定居点没过多久就意识到，他们所面临的问题并不是逃走的强盗和流产的奖赏，而是那把锁，这不是一个简单的局面，而是一个具有威胁性的问题，那个奴隶拼命奔回霍尔斯顿之家然后又拼命奔回来，在门和墙壁没能将他隐藏、吞没并再次弹回之前再次出现，猛冲过人群来到康普生本人面前，说道，"老主子说要来拿锁"——不是送锁，而是拿锁。因此康普生和他的手下们（邮包骑手就在这里开始出现，或者说是浮现——不堪一击的小个子男人，永远不显老，没有头发没有牙齿，看上去太瘦弱，甚至都没法靠近一匹马，更别说是每两周就要骑行六百英里了，但他的确这样做了，并且不仅这样做了还有气力不仅骑行得大张旗鼓而且甚至一路上都用喇叭嘲讽地吹出胜利之声：——这是对于可能的——很有可能的——掠夺者的一种嘲讽，唯一能与之相匹配的是对于他有可能被掠夺的官方糟粕的嘲讽，这些东西同意保留在文明的界限之中，只要掠夺者们有品味去克制）——来到厨房，老艾莱克还坐在他焖燃着的木头前面，还是背对着房间，到这会儿也没有转过来。情况就是如此。他命令立刻归还他的锁。这甚至都不是最后通牒，而是一个简单的指令，一个裁定，与个人无关，邮包骑手现在已经很好地融入了这群人之中，他什么也不说，什么也没错过，像是一只没有重量的风干或者化石鸟，当然不是一只秃鹫，甚至都不是老鹰，而是一只翼骨龙幼崽，刚刚被从十个冰川纪之前的蛋中抓出来，在婴儿期却如此苍老以至于成为所有后代生命的破旧而疲惫的祖先。他们向老艾莱克斯指出，锁有可能丢失的唯一原因是强盗们没有时间或者没有能够将其从门上割下来，哪怕是三个骑着偷来的马逃跑的疯子也不会带着一扇六英尺的橡木门跑很远，依科莫土比手下的一伙年轻人正在追那些马，向西面追到河边，毫无疑问锁将在任何时候被找到，可能就在定居点边缘的第一丛灌木下面：其实他们知道，那片美好、可怕和奇怪之地没有尽头，能够并已经从木头监狱中逃脱，人们早已悄悄地移走了整面墙并将其拆散了整洁地堆在路边，他们和老艾莱克都将再也见不到他的锁；

他们的确没有见到；那个下午的剩余时间和第二天一整天，当老艾莱克仍然在焖燃的木头前抽着他的烟斗，定居点懦弱而愤怒的长辈们搜寻着它，(现在是：第二天下午) 依科莫土比手下的契卡索人也来帮忙，或者至少在场，看着：狂野之人，荒原难以驯服的驱逐之子，穿着白人的牛仔裤，戴着毡帽，这只让他们看起来更加狂野和无家可归，他们站着或蹲着或跟随着，严肃，专注，有兴趣，而白人们在边境茂密的树丛中流着汗，咒骂着没地方落脚，骑手派迪格鲁还是那样，随处可见，无处不在，自己并不帮忙搜寻，也从不挡路，但总是在场，不可理解，阴郁，什么都没错过；直到最后，太阳快要落山的时候，康普生野蛮地踏出了最后一片黑果莓树丛，一把甩掉脸上的汗水，抡圆了胳膊足以拒绝一顶皇冠，说：

"好吧，该死的，我们赔钱给他。"因为他们已经考虑那最后的计策；他们已经意识到其严肃性，皮博迪想就此开个玩笑，但每个人都知道即使是皮博迪自己也不觉得这个玩笑幽默：

"是的——并且要快，趁他还没工夫提到派迪格鲁和按磅标价的事。"

"按磅标价？"康普生说。

"派迪格鲁就用从纳什维尔到这里的三百英里为它称了重。老艾莱克可能是从卡罗莱纳来的。那是一万五千磅。"

"哦。"康普生说。他吹响喇叭把手下的人召集过来，喇叭是一个印第安人用皮绳挂在脖子上的，但即使是那个时候，他们还是停下来开了最后一个迅速的会；又是皮博迪阻止了他们。

"谁将付这笔钱？"他说，"这就像是他想要一美元，即使是用他在壁炉灰烬中找到的派迪格鲁的秤来称重。"他们——至少是康普生——可能已经想到了这个；这可能也是他为什么在派迪格鲁在场的情况下极力让他们一起冲到老艾莱克面前，很快地出价，这样就没人有脸在按比例分摊的问题上扯皮。但是皮博迪现在出来搅局。康普生环顾四周，看着他们，流着汗，面色紧绷，怒气冲冲。

"那就意味着皮博迪可能会支付一美元，"他说，"谁来支付其余的十四美元？我吗？"随后货栈老板拉特克里弗，做买卖的，解决了这个问题——解决方案如此简单，应对起来没有任何限制，他们甚至没有去想为什么之前没有人想到这个方案；它不仅解决了问题而且废除了问题；不仅是那一个问题，而是所有问题，从现在起直到永远，在他们眼前开启，就像是撕开了面纱，就像是一个光辉的预言，巨大壮丽无垠的美国全景：那片充满无尽机会的土地，不是由人民创造，也不属于人民，而是为了人民，像是古老的上天恩赐，不要求人类回报，只需咀嚼和吞咽，因为来自无与伦比的万能上帝，它将创造、制造、训练、支持并永久拥有一个劳工种族，完全投身于唯一的目的，收取恩赐并将其放进他松懈的手中甚至是他的上下颌骨之间——不可设限，广阔无垠，无始无终，甚至不是一笔交易或者一项手艺，而是一种仁慈，像阳光和雨露和空气，不可剥夺并且不可改变。

"把它写进那本书里。"拉特克里弗说——那本书：不是一本账簿，而是那本账簿，因为它可能是纳什维尔和拿切士之间唯一的此类东西，除非在几英里以南的亚罗布沙的第一个乔克托管理站可能碰巧有一本类似的，——一本有横格的平装抄写本，就像学校教室里的那种，里面积累着账目，美国作为借方，以莫哈塔哈的名字（契卡索部落的女族长，依科莫土比的母亲，老伊瑟提比哈的姐姐——她会写自己的名字，或者以某种方式用钢笔或铅笔弄出点什么可以被同意的，或者至少被接受的，作为有效的签名——签了所有的产权转让书，当她儿子的王国被转给白人，她至少是在法律上将其合法化了），积累的账目是单调乏味的一长串清单，包括厚棉布和火药，威士忌和盐和鼻烟和牛仔裤和僵硬的糖果，被她的后代和臣民和黑人奴隶从拉特克里弗的货架上拉出来。那就是定居点要做的全部：把锁加在清单里，加在账目里。他们以什么样的价格把它加进去甚至都没什么关系。他们本来可以定价为皮博迪称出的十五磅乘以距离，不仅仅是到卡罗莱纳的距离，还有到华盛顿本身的距离，可能根本没人注意定价；他们本来可以向美国索要价值一万七千五百美元的像化石一般坚不可摧的糖果，也没有人会去看这条账目。所以它就被解决了，做好了，完成了，结束了。他们甚至不必讨论它。他们甚至不再去考虑它，除非也许在某些场合会（或许有一点投机地）赞叹他们自己定价之合理，因为他们什么也没有要求——尤其是没有逃避任何公正的责备——除了关于锁的公平而体面的调整。他们回到老艾莱克那儿，他仍然抽着烟斗坐在昏暗的壁炉边。只是他们高估了他；他根本没有要钱，他要他的锁。在这一点上康普生仅存的耐心也消失了。

"你的锁没了。"他严厉地告诉老艾莱克。"你将为此拿到十五美元。"他说，他的声音已经低下来，因为即使是那种愤怒看到这种情况也知道是死路一条。但是，愤怒，无能，流汗，太多的——不论是什么——迫使声音又说出一个词："或者——"随后声音停下来，让皮博迪可以接话：

"或者其他？"皮博迪说，不是对老艾莱克说，而是对康普生说。"或者其他什么？"随后拉特克里弗又接下去。

"等等，"他说，"艾莱克大叔将因为他的锁拿到五十美元。保证是五十美元。他将把在卡罗莱纳的铁匠的名字告诉我们，我们将派人回到那儿去做一把新锁。一去一来总共花费大约五十美元。我们将给艾莱克大叔五十美元作为担保。然后等新锁到了，他再把钱还给我们。好吗，艾莱克大叔？"那本来应该就是全部了。很可能就是那样，要不是因为派迪格鲁的话。并不是他们之前把他给忘了，甚至还没有把他算作他们中的一员。他们只是把他封入了他们的民事危机中——愈合后排除出去（他们是这么想的），就像绝望而无防备的牡蛎静静地包裹住它无法战胜的沙砾。没人看到他移动，但他现在就站在他们的中央，就在康普生和拉特克里弗还有皮博迪面对着椅子上的老艾莱克所在的地方。你也许可以说他是慢慢渗透到那儿的，要不是因为他那种坚忍的品质，（在紧急情况下）可能变得不可见但永远不会虚幻并且在这个世界上永远不会流动；他用一种平淡、合理而客观的声音开口说话，然后站在那儿被大家看着，瘦弱矮小得像个孩子，坚硬得像钻石，充满不祥的预兆，给深陷于荒无人迹的边远地区的屋子带来了联邦的整体、巨大而无法计算的重量，不仅仅是代表政府，甚至不是代表他自己，而就是政府；至少在那一刻，他就是美国。

"艾莱克大叔没有丢锁，"他说，"是山姆大叔丢的。"

过了一会儿，有人说："什么？"

"是的，"派迪格鲁说，"不论是谁将霍尔斯顿的锁放在了那个邮包上，要么是自愿将其作为礼物送给美国，相同的法律包含美国政府，而美国政府包含未成年的孩子：你可以给他们某个东西，但你可以要回来，否则他或者他们另作他用。"

他们看着他。过了一会儿，又有人说话；是拉特克里弗。"还有什么？"拉特克里弗说。派迪格鲁回答，仍然平淡、客观、冷酷无情并且油腔滑调：

"违犯专为损坏或毁灭政府财产而制定的国会法案，罚款五千美元，或者不低于一年的联邦监狱刑期，或者既罚款又服刑。不论是谁在邮包上划开了两个口子用来装锁，根据专为损坏或毁灭政府财产而制定的国会法案，罚款一万美元或者不低于五年的联邦监狱刑期，或者既罚款又服刑。"他甚至一直没有移动；他只是直接对着老艾莱克说："我想你会在这儿吃晚餐，跟往常一样，或早或晚，或多或少。"

"等一下。"拉特克里弗说。他转向康普生，"是真的吗？"

"是不是真的又有他妈什么关系？"康普生说，"你觉得他一到纳什维尔会去干什么？"他粗暴地对派迪格鲁说，"你应该昨天动身去纳什维尔的。你在这儿待着干吗？"

"没必要去纳什维尔，"派迪格鲁说，"你们不需要任何邮件，你们没有任何东西要锁起来。"

"所以我们不管，"拉特克里弗说，"所以我们会让美国去找那把美国的锁。"这次是派迪格鲁谁也不看。他甚至没有对着谁讲话，就像老艾莱克之前要求拿回他的锁的时候一样：

"根据专为未授权移动并且或者使用或者蓄意或者恶意使用或者滥用或者丢失政府财产而制定的国会法案，罚款物品价值加五百至一万美元，或者三十天至二十年联邦监狱刑期，或者既罚款又服刑。他们可能甚至会制作一把新锁，如果他们得知你们曾经把邮政部门的锁让印第安事务局来管理。"他移动了一下，现在是再次对着老艾莱克说："我要出去骑上我的马。这个会议结束并且你回去做饭的时候，你可以叫你手下的黑人来叫我。"

然后他就走了。过了一会儿拉特克里弗说，"你觉得他准备从这里面捞点儿什么呢？是奖赏吗？"但那是错的；他们都了解更多。

"他已经得到了他想要的。"康普生说着，又咒骂起来。"混乱。就是他妈的混乱。"但那也是错的；他们也都了解，但是皮博迪说了出来：

"不。不是混乱。一个人每两周骑行六百英里穿越这个国家，随身只带一个喇叭而没有其他任何防护，他不会真正对混乱感兴趣，对混乱的兴趣不会比对钱的兴趣多。"因此他们还不知道派迪格鲁心里在想什么。但是他们知道他会做什么。也就是说，他们知道他们根本不知道，不知道他要做什么，或者怎么做，或者什么时候做，他们知道他们对此什么也做不了直到他们发现为什么。他们现在知道他们没有任何可能的办法去发现为什么；他们现在意识到他们至今已经认识他三年了，在这期间，他瘦弱并且不可侵犯并且不可避免，距离一英里开外就听到强壮而甜美的喇叭声，骑在强壮而不知疲倦的马背上，他每两个月完成从纳什维尔到定居点的旅程，接下来的三四天待在他们中间，但他们对他一点儿也不了解，现在甚至只知道他们不敢，只是不敢，抓住任何机会，在逐渐暗下来的房间里再多坐一会儿，当老艾莱克仍在抽烟，他的背仍然直直地对着他们和他们的窘困；然后分别回到他们自己的家里去吃晚饭——带着各自的胃口，因为目前他们穿过夏日的黑暗飘回来，平时这个点他们都已经上床睡觉了，回到拉特克里弗商店的后间，又坐下来，听拉特克里弗重述要点，他**既困惑又惊恐**（他们还觉察到了一点尊敬，当他们意识到他——拉特克里弗——不可动摇地确信派迪格鲁的目标是钱；派迪格鲁已经发明或者发展出一个密谋，如此的回报丰厚以至于他——拉特克里弗——没能预先阻止他并先下手去做，他——拉特克里弗——甚至在他被给了一个暗示之后都没能猜出它是什么）直到康普生打断他。

"见鬼，"康普生说，"每个人都知道他的问题在哪儿。是伦理。他是个该死的卫道士。"

"伦理?"皮博迪说。他的声音几乎是惊诧的。他飞快地说："太糟了。我们怎样才能让一个卫道士堕落呢?"

"谁想让他堕落?"康普生说,"我们想要他做的只是待在那匹该死的马上,把他剩下的那口气都吹进那个该死的喇叭。"

但是皮博迪甚至没有在听。他说,"伦理,"几乎是在梦呓。他说,"等一下。"他们看着他。他突然对拉特克里弗说:"我已经在某处听到它了。如果这里有人知道,那就是你。他叫什么名字?"

"他的名字?"拉特克里弗说。"派迪格鲁的?哦。他的洗礼名。"拉特克里弗告诉他。"为什么呢?"

"没什么,"皮博迪说,"我要回家了。有人跟我一起走吗?"他说话的时候没有对着任何人,说过了,并且不会再说,但那就足够了:也许是一根稻草,但至少是一根稻草;足够让其他人看着,什么也不说,这时康普生走向拉特克里弗并对他说:

"你走吗?"他们三个人一起走开了,走出了耳朵能听到的范围,然后又走出了视野之外。然后康普生说,"好吧。办法是什么?"

"它有可能没用,"皮博迪说,"但你们俩必须支持我。当我代表整个定居点说话的时候,你和拉特克里弗必须使其生效。行吗?"

康普生咒骂了一句。"但至少得告诉我们一点,我们将保证得到什么。"所以皮博迪就告诉了他们,告诉了一部分,第二天早上他进入霍尔斯顿之家马厩的隔间,派迪格鲁正在那儿刷洗他的那匹丑马,马头像锤子,肌肉像铁块。

"最终，我们决定不把那把锁记在老莫哈塔哈账上了。"皮博迪说。

"那又怎么样？"派迪格鲁说，"在华盛顿，没人会发现。至少那些识字的人不会。"

"我们准备自己付钱，"皮博迪说，"实际上，我们还会再多做一点。我们反正要去修监狱的那面墙；我们反正要去建一面墙。所以通过再建三面墙，我们就有了另外一间房。我们反正要建一间房，所以那不算什么。所以通过再建一个三面墙的房间，我们就有了另外一个四面墙的房子。那将是法院。"派迪格鲁每刷一下都有一口气轻轻地从牙缝间穿过，像个专业的爱尔兰马夫。现在他停下来，刷子和手都停在半空，稍稍转头。

"法院？"

"我们将有一个城市，"皮博迪说，"我们已经有了一个教堂——就是维特菲尔德家的小屋。我们接下来很快还要建一个学校。但我们今天要建法院；我们已经有一些东西可以放在里面让它成为法院：过去十年一直在店里让拉特克里弗觉得碍事的那个铁盒子。然后我们就有了一个城市。我们甚至已经为她取好了名字。"

这时派迪格鲁站起来，非常缓慢地。他们相互看着。过了一会儿，派迪格鲁说，"然后呢？"

"拉特克里弗说你的名字是杰弗生。"皮博迪说。

"是的，"派迪格鲁说，"托马斯·杰弗生·派迪格鲁。我来自老费尔金尼家族。"

"有亲戚关系吗？"皮博迪说。

"没有，"派迪格鲁说，"我妈为我取了他的名字，这样我就能有一些他的好运。"

"好运？"皮博迪说。

派迪格鲁没有笑。"是的。她想说的不是好运。她从来没上过学。她不认识她想说的那个词。"

"你有好运了吗？"皮博迪说。派迪格鲁这时也没笑。"对不起，"皮博迪说，"尽量忘了它吧。"他说："我们决定将她命名为杰弗生。"现在派迪格鲁甚至似乎都没在呼吸。他只是站在那儿，矮小，瘦弱，还没有一个小男孩块头大，没有孩子，单身汉，不可救药地无依无靠，看着皮博迪。然后他呼吸了一下，举起刷子，转回去对着马，在一瞬间皮博迪认为他会继续去洗刷他的马。但他没有这样做，他把手和刷子放在马的侧腹上，站了一会儿，他的脸转开，头低下一点。然后他抬起头并把脸转回到皮博迪的方向。

"你可以在印第安的账目上把那把锁称为'车轴油'。"他说。

"价值五十美元的车轴油？"皮博迪说。

"为了给去俄克拉荷马的车上油。"派迪格鲁说。

"我们可以这样做，"皮博迪说，"只是现在她的名字是杰弗生。我们现在不能再忘掉这一点了。"那就是法院——他们花了差不多三十年不仅意识到他们没有，而且发现他们甚至都没有需要、丢失或缺乏；在他们拥有了它六个月之前，他们发现它根本不够近。因为在那第一天的黑暗和第二天的黎明之间的某处，发生了某件事。他们在那同一天开始动工；他们修复了监狱的墙，砍了新的木头，劈开了土块，靠着它建起了没有地板的小披屋，将铁柜从拉特克里弗的后间搬来；只花了两天，没有花钱，只花了劳力，人均花费不多，因为整个定居点都参与了，当然还有定居点的两个奴隶——霍尔斯顿的人和属于那个德国铁匠的人——；拉特克里弗也是如此，他需要做的只是把门闩插进他的后门里，因为他全部的资助一眼就能计算出来，在拆到一半的监狱的木头和土块之间流汗和诅咒——包括依科莫土比的契卡索人，尽管这些人既不流汗也不诅咒：严肃的黑人穿着主日服，但没有穿长裤，他们把裤子整齐地卷起来夹在腋下，或者也许是将两个裤腿系在脖子上，像披肩或者更像轻骑兵涉过溪流时的长袍，他们沿着树荫蹲着或者歇着，恭恭敬敬，饶有兴趣，并且安静休息（甚至是女族长老莫哈塔哈本人，光脚穿着紫色丝质长袍戴着插羽毛的帽子，她坐在鎏金锦缎皇家座椅上，座椅放在一架由两匹骡子拉的车上，上方是一把银质把手的巴黎遮阳伞，由一个小女孩奴隶举着）——因为他们（其他的白种男人、他的同胞，或者——在这第一天——他的共同受害者）还没有说这件事——质量——某种东西——以拉特克里弗的方式，难懂的、古怪的态度，——不是阻碍甚至也不是妨碍，甚至当第二天他们发现了质量如何，也没关系，因为他在他们中间，也在忙碌，也在流汗和诅咒，但更像一个单独的碎屑，极小的，在否则就未被阻断的洪水或浪潮上，一个单独的个体或者异质而不顺从的物质，一个单独的细小到几乎听不见的声音，在一群暴民的咆哮声中小声叫喊："等等，看这儿，听着——"

因为他们太忙于在拆毁的木头中生气和流汗，在旁边的树林里砍伐新的木头，修剪、切割并把它们拖出来，混合稀薄的陶土来把它们糊在一起；直到第二天他们才知道是什么在困扰拉特克里弗，因为现在他们有时间，工作进展得不慢，汗出得不少，但恰恰相反，如果有问题的话，就是工作进展得甚至有一点太快了，因为现在速度上有缓解，它所减弱的是愤怒和盛怒，因为在第一天和第二天的黑夜和黎明之间的某处，发生了某件事——那些在第一个漫长、炎热、无尽的七月天为了损毁的监狱流汗和生气的人们，为了重建一个监狱，不加区分地、野蛮地把木头和像木头一样的吸食了鸦片酊的犯人扔在一边，诅咒老霍尔斯、锁、四个——或者三个——强盗、逮捕他们的那十一个民兵，还有康普生、派迪格鲁、皮博迪和美国，——同样是这群人第二天日出前聚集在工程地点，日出前就已经预示这也将是炎热和无尽的一天，但是带着现在已经缺席的愤怒和狂暴，安静，与其说是严肃不如说是清醒，一点点惊愕、胆怯，也许稍稍眨眼，看上去相互之间稍稍疏离，在新一天淡黄色的光辉中相互之间看上去都有一点不熟悉，他们四下张望，看着杂乱地挤在一起的粗糙小屋，每一间都有些歪斜，在环绕它们的树林的巨大映衬之下矮小得像是玩具屋——微小的空地像爪子一般细瘦地伸出去，甚至没有伸进人迹罕至的荒野的侧腹，而是伸进了下身、腹股沟、隐秘部位，这是不可改变的阵容，死于他们的生活、命运、过去和未来——甚至还没有说话，因为每个人可能都相信（也有一点不好意思）这个想法只是他自己的，直到最终一个人为所有人说出来，然后就行了，因为这用了一次共同的呼吸来塑造那个声音，说话人声音不大，胆怯地、试探地，就像你轻轻地、试探地向陌生的从未用过的喇叭口中吹入第一口气："以上帝之名。杰弗生。"

"杰弗生，密西西比。"第二个人补充。

"杰弗生，约克纳帕塔法，密西西比。"第三个人纠正。是谁，是哪一个，此时都不重要了，因为它仍然是一次共同的呼吸，一次复合的梦态，冥想而静止，也绝对可以持续到日出之后，尽管他们可能也了解得更多，因为康普生仍然在那儿：蠓虫、荆棘、催化剂：

"直到我们完成这该死的东西，它才是，"康普生说，"来啊。让我们干起来。"因此他们就在那天完成了，现在干得飞快，也带着速度和轻巧，专心致志又心不在焉，干完并且很快，不是完成它，而是移开它，弄到他们身后；不是迅速完成它以便更快地拥有、占有它，而是能够更快地毁掉、清除它，仿佛他们在第一缕淡黄色的光辉中也已经知道，它不会足够近，甚至不会是个开始；他们正在建造的小披屋甚至不会是一个样板，也甚至不能被叫作实践，一直干到中午，到了停下来吃饭的时间，当时路易斯·格瑞尼尔已经从"法国人弯道"（他的种植园：他的宅第、他的厨房和马厩和狗窝和奴隶棚和花园和步道和田地，这些东西半年之后都会消失，他的名字和他的血脉也一样，留下的只有他种植园的名字和他自己逐渐褪色的堕落传奇，如同薄薄的一层转瞬即逝却又无法驱逐的灰尘，落在国家的一个部分上，围绕一个小小的、遗弃的、油漆褪尽的路口小店），从二十英里以外赶来，坐在一个奴隶马车夫和一个男仆后，在他那辆进口的英国马车里，据说是拿切士和纳什维尔以外最相配的队伍，康普生说，"我认为那就行了，"——所有人都知道他的意思：不是放弃，当然是去完成它，但现在只剩下如此少的活儿，两个奴隶就能完成。实际上是四个，因为，尽管很快就认为两个格瑞尼尔家的奴隶就能够帮两个本地的奴隶一把，康普生提出异议，理由是谁敢违反严苛的规矩而去命令一个固定仆人，更别说是一个家庭仆人，去做体力劳动，更别说是胆敢对老路易斯·格瑞尼尔提出这个建议。皮博迪立刻就抓住了这一点。

"他们中的一个可以用我的凉棚，"他说，"有一个白人医生站在里面的时候，它从来不会伸出来，"甚至提出作为特使去找老格瑞尼尔，除非格瑞尼尔自己先发制人。因此他们吃了霍尔斯顿之家的常规午餐，而契卡索人一动不动地蹲着，那片树荫已经将他们留在七月中午的毒辣烈日之下，老莫哈塔哈乘坐的马车在他们中间，她还是坐在奴隶举着的巴黎遮阳伞下面，他们也吃了午餐（莫哈塔哈和她个人随从的午餐是从车上一个白橡树枝编的鱼筐里拿出来的），似乎是他们从种植园——他们也学着白人叫种植园——带进来的，包在卷起的裤子里塞在腋下。然后他们回到前廊——现在不再是定居点了：城市；从它变成城市到现在已经三十一个小时了——他们看着四个奴隶装上最后一根木头，在屋顶敲下最后一锤并挂上大门，然后，拉特克里弗领着某个像是法院总管的东西穿过城堡后院，回到货栈，进去，出来时带着铁柜子，严肃的契卡索人也在看着那个白人的奴隶们挥汗如雨地把白人可以称重的、神秘莫测的浓稠药品装进新的神圣之地。现在他们有时间找出是什么在困扰拉特克里弗。

"那把锁。"拉特克里弗说。

"什么？"某个人说。

"那个印第安车轴油。"拉特克里弗说。

"什么？"他们又说。但他们现在知道了，理解了。既不是锁也不是车轴油；是拉特克里弗的账本上本来可以记在印第安人头上的十五美元，没人会发现它，注意它，错过它。并不是拉特克里弗身上的贪婪，更不是他在鼓吹腐败。这个想法甚至对他来说都不是新的；它不需要任何人每两到三个礼拜随便地骑着马到定居点，来告诉他那种可能性；他第一次在老莫哈塔哈四十岁的孙子们头上记薄荷糖的账时就想到了那一点，十年以来他一直控制着没让自己在十个或者十五个美分后面加上两个零，每次想到自己为什么能控制住，都惊讶于他自己的美德，或者至少是他意志的力量。这是原则问题。是他——他们：定居点（现在是城市了）——之前想到把锁记在美国的账上，作为一把可以证明的锁，一个共有的风险，一个实在而不可去除的物品，不论是赢是输还是平局，让其碎片随便落在何处，在那暗淡的一天，当某个联邦检察官可能，仅有很小的可能，去审计契卡索事务；是美国自愿向他们展示如何将无法驱逐的锁变成无根无据又稍纵即逝的车轴油——那个瘦小干瘪得像个孩子的男人，单枪匹马，手无寸铁，坚不可摧又毫不声张，甚至都不去违抗他们，甚至没有鼓吹和代表美国，而就是美国，仿佛美国说了，"请接受这十五美元的礼物，"（城市其实已经为这把锁付给老艾莱克十五美元；他不愿接受更多），他们甚至没有拒绝它而只是废除了它，因为派迪格鲁一把它说出声，美国就已经永远地失去了它；仿佛派迪格鲁把真实的可称重的十五个金币放在了——比如，康普生或者皮博迪的——手里，他们把它们扔进了老鼠洞或者井里，没有给任何人好处，既不是作为被毁坏者的赔偿也不是作为毁坏者的报酬，实际上让整个人类，只要它还存在着，永远地不可更改地亏空十五美元，十五美元赤字；

那就是拉特克里弗的麻烦。但他们甚至没有去听。他们当然听到了，但他们甚至没有去听。或者也许他们甚至也没有听到，坐在霍尔斯顿之家门廊的树荫下，看着，看到，一年已经过去了；刚到七月十日；有漫长的夏季，明亮柔软干燥的秋季，直到十一月的雨季，但他们这次不是需要两天而是两年也许更多，预留一个冬季来计划和准备。他们甚至有一件现成的工具等在那儿，几乎就像是上帝：一个名叫萨特潘的人，在同一年冬天来到定居点——一个高大、憔悴、没朋友、无激情、不健谈的人，走进来时带着匿名和暴力的衰落气质，像一个刚刚从暴风雪中进入一个温暖的房间或者至少一个遮蔽之处，随身带着三十多个比土著野人契卡索人更为狂野和模棱两可的男性奴隶，定居点已经习惯于契卡索人，而那些人（新来的黑人们）不说英语，康普生曾经去过新奥尔良，他说他们说的是蔗糖岛的加勒比—西班牙—法语，那个人（萨特潘）在对面的方向买下或者证明或者以任何方式获得了一大片土地，并且显然倾向于建立一个比格瑞尼尔的庄园规模更为雄伟宏大的地方；他甚至随身带着一个温顺的巴黎建筑师——或者更像是一个俘虏，因为据说这个人晚上睡在拉特克里弗的后间，在他所规划的城堡工地的一个深坑里，与抓捕者的一个加勒比奴隶的手腕捆在一起；实际上，定居点只需看他一次，就知道他并不比他的抓捕者更驯服，就像是黄鼠狼或者响尾蛇在被完全逼进角落而毫无希望之前并不比狼或者熊更驯服：——一个块头不比派迪格鲁大的男人，有一双幽默、讽刺、不服输的眼睛，见过一切而不相信一切，戴着昂贵的大帽子，穿着锦缎的马甲，袖口有半艺术家半花花公子式的褶边装饰；他们——也许是康普生，当然是皮博迪——可能想象他是穿着泥渍斑斑满是划痕的锦缎和蕾丝，站在一条连路都没有的荒野上梦想着戴维式的廊柱、廊厅、喷泉、步道，身后紧跟着一模一样的高大半裸的黑人，甚至没有看他，只是呼吸，他每走一步就跟着移动一下，像是他亦步亦趋、膨胀至巨型的影子；

因此他们甚至有了一个建筑师。他在拉特克里弗的后间听了也许有一分钟。然后他做了一个不可形容的手势并说，"呸。你们不需要建议。你们太穷了。你们只有你们的双手，和陶土来制作好砖。你们没有钱。你们甚至没有东西去复制：你们怎么会出差错呢？"但他教会了他们如何做砖坯；他设计并建造了砖窑去烧砖，很多砖，因为他们也许在那第一个黄色光辉的早晨就已经知道一座大厦将是不够的。但尽管两者都是在同一个冬天的同一个瞬间构思并同时计划，并在接下来的三年持续建造，法院当然首先完工，在三月，带着标桩和几团鱼线，建筑师在酒馆和货栈对面的一个橡树丛里规划了广场和简单的地基，不可更改地设计了法院还有城市，并告诉他们这些："五十年之后你们将尽力改变它，以你们会称之为进步之名。但你们会失败；但你们将永远不能摆脱它。"但他们已经看到了，也是站在齐腿深的荒野中但不仅仅是视觉的幻象，因为他们至少有鱼线和标桩，也许不到五十年，也许——谁知道呢？——甚至不到二十五年：一个广场，位于树丛中心的法院；围绕着它的四边形，商店，两层楼，律师和医生和牙医的办公室，上面是客房和会堂；学校和教堂和酒馆和银行和监狱，各在规定的位置；四条宽阔的岔路，向四个方向笔直地展开，变成主路和支路的网络，直到整个小镇被其覆盖：手和缠绕的手指，在消失的荒野中，年复一年，从后退的大海底部轻盈地抓出、拽出广阔富饶高产蓬勃的土地，每年把荒野和它的居民推到、挤到更远的地方——野熊和野鹿和野鸡，还有

野人（或者说不再那么野了，现在已经熟悉了，无害了，只是过时了：古老的逝去时光和逝去时代的时间错误；当然值得遗憾，甚至实际上也被老人们遗憾，如同老哈珀山姆医生那般激烈地遗憾，带着小一些的火力但仍然如同老艾莱克·霍尔斯顿和另外几个人那样不可调和并且顽固不化，直到又过了几年之后，他们中的最后一位也已经死去并依次消失，也过时了：因为这是一个白人的土地：那是它的命运，或者甚至不是命运而是命中注定，它在土地候选名单上的绝对命中注定）；——**静脉、动脉、生命和心跳之流**，从中将流出强化的丰收、金子、棉花和谷物。

但最重要的，是法院：中心、焦点、枢纽；坐落于、耸立于城市圆周的中央，像地平线上唯一的一片云，将它广阔的阴影最大限度地投在地平线上；冥想，沉思，象征性的，可衡量的，像白云一样高，像石头一样硬，统领一切：弱者的保护者，激情和欲望的司法和控制，渴望和希望的保卫者；在第一个夏天随着砖块的轨迹升起，就是正方形的，最简单的乔治亚殖民建筑（由那个巴黎建筑师出品，他正在萨特潘家建造的东西，像是从小人国的哥特式噩梦中瞥见的凡尔赛宫——为了复仇，一百年之后加文·斯蒂文斯会这么说，那时萨特潘自己在城里的传奇会包括这件逸事，建筑师不知怎么地从他的地牢里逃脱了，想要逃走，萨特潘和他的黑人首领和猎人带着狗追到沼泽并把他捉了回来）。因为，就像之前建筑师告诉他们的，他们没有钱去买糟糕的品味，甚至没有任何东西去复制任何在他们留在掌控范围之内的坏品味；这个也仍然不花钱，只花劳力并且——现在是第二年了——劳力中的绝大部分都是奴隶，因为定居点——在过去的两年已经成为城市并被命名，当第一批人在两年前的那个黄色光辉的清晨醒来就已经是一个城市并已经被命名——还是有更多的奴隶主：——霍尔斯顿和铁匠（康普生现在是一个铁匠）以外的拥有一个或两个或三个黑人的人，格瑞尼尔和萨特潘以外的建立了营地的人，营地在康普生牧场的溪流边，他们的两帮奴隶住在里面直到两座建筑——法院和监狱——被建成。但不全是奴隶，被束缚的，失去自由的，因为也还有白人，两年到现在三年前的那个炎热的七月清晨聚集在一起的同一批人，当时都在一种激怒的不相信中，极其激烈的汗流浃背的无能为力的愤怒中，扔掉、甩掉那个三面墙的小披屋，——同一批人（他们当时可能有他们自己的事要去处理，或者有他们自己被雇用、挣工钱的工作当时正在做）站在或者躺在脚手架和砖块堆和陶土浆旁边一个或者两个小时或者半天，然后把黑人中的一个弄到一边，在他的位置上放上泥刀或者锯子或者铲子，未被要求也未被指责因为没人有权利去命令或否认；一个陌生人可能会说，也许因为那个原因，仅仅因为他们现在不必了，除非还有更多理由，既然没有激怒和愤怒，现在就平静地工作，并且速度翻倍因为没有紧迫性，因为人或者人们不再需要去赶上庄稼的迅速生长，团结起来工作（这对任何人都是个矛盾，除了像格格瑞尼尔和康普生和皮博迪这样的人，他们从婴儿期起就生活在奴隶中间，呼吸着同样的空气，甚至和黑人吮吸同一个乳房：黑人和白人，自由的和不自由的，肩并肩以同样不倦的气势和节奏，仿佛他们拥有相同的目标和希望，他们的确拥有，只要黑人能够拥有，甚至是拉特克里弗，悠久而纯正的盎格鲁·萨克森山民谱系之子并且是——注定是——同样悠久而纯正的白人垃圾佃农之父，从来没拥有过一个奴隶也永远不会拥有，因为每个人都已经和将要从喝妈妈的奶开始就有一种强烈的个人反感，根本不是针对奴隶制，而是针对黑皮肤，他都可以这样解释：奴隶的简单的儿童心智，一想到他在帮助建造不仅是镇上最大的建筑，而且可能是他所见过的最大建筑，就立刻火冒三丈；这就是全部但这就够了），因为这是他们的，比其他任何建筑更大，因为它是所有的总和，并且作为所有的总和，它必须提升他们所有希望和渴望的水平，伴随着它自己有抱负的和飙升的穹顶，这样，当他们汗流浃背、不知疲倦、毫不松懈，他们会环顾四周看着彼此，有一点害羞，一点惊讶，还带着某种谦卑，仿佛他们正在意识到，或者在一瞬间至少是在相信，人，所有的人，包括他们自己，与他们之前所认为的、所指望的或者甚至是所需要的相比，更好了一点，甚至可能更纯净了一点。尽管他们仍然跟拉特克里弗还有一点麻烦：钱、霍尔斯顿的锁—契卡索车轴油十五美元；不是真正的麻烦因为它从来不是一个障碍，甚至在三年以前当它是新的时候都不是，现在到了三年以后，甚至那轻轻的微小阻碍都被熟悉和习惯磨损成不足一根牙签：仅仅存在，仅仅可见，或者说，可听，并且和拉特克里弗也没有麻烦，因为他也针对牙签制造了一个麻烦；还有，他是它的主要受害者，受难者，因为对其他人而言的多半不注意、一点幽默、不时一点衰退的恼怒和不耐烦，对他而言则是羞耻、困惑、一点剧痛和绝望，就像一个人在与天生的恶斗争，毫无希望，不屈不挠，已经失败。现在的麻烦甚至都不是钱，那十五美元。而是那个事实，他们已经拒绝了它，并且因为拒绝而可能犯了一个致命而无法弥补的错误。他会尽力这样解释："就像是上帝以及在天上的其他人会低头看着我们并说，好吧，好吧，好像他们拒绝了那些白种男人，不想要我们本来准备白给他们的十五美元。所以也许他们不想从我们这儿要任何东西。所以也许我们最好像他们所希望的那样做，让他们尽他们所能地流汗、忙乱和干活。"

这一点他们——城市——做到了，尽管那时距离法院完工还有六年的时间。并没有完工，只是他们认为它已经完工了：简单而方正，装了地板和房顶和窗户，有中央的门厅和四间办公室——分给治安官和税收官和巡查员和档案员（最后一间——档案员的

都在楼下，法庭和陪审室和法官

间在楼上，——甚至鸽子和英国麻雀，还有移民而不是拓荒者，实际上必然是属于城市的，当城市变成了一个有名字的城市，就第一时间从大西洋海岸远道而来，几乎在最终完工之前就占据了下水道和屋檐盒，一个胆怯而踌躇，另一个则饶舌而众多。六年之后老艾莱克·霍尔斯顿死了，留给城市十五美元，这本来是城市付给他的锁钱；之前两年，路易斯·格瑞尼尔就已经死了，他的继承人仍然拥有索要一千五百美元的权利，他在遗嘱中早已设计好了，现在又新来了一个人，一个叫约翰·沙多里斯的男人，也像格瑞尼尔和萨特潘一样有奴隶和装备和钱，但他能比格瑞尼尔更好地与萨特潘抗衡，因为显然他，沙多里斯，是这种类型的人，他能对付萨特潘，就像是一个人带着军刀或者甚至是短剑加上足够的心气，就能够对付一个带着斧子的人；并且那年夏天（萨特潘的巴黎建筑师早已回到他来的地方，之前他有过一次流产的午夜逃跑企图，但他的砖块产量、流量从来没有衰退：他的砖模和砖窑已经建成了监狱，现在正在建起两座教堂的墙，半个世纪之后将完成一座建筑，从北密西西比到东田纳西都称之为学院，女子研究院）有一个委员会：康普生和沙多里斯和皮博迪（还有缺席的萨特潘：城市也永远不会知道萨特潘和沙多里斯到底补上了多少额外的成本）；第二年，八根杂乱无章的大理石柱由一艘意大利轮船运抵新奥尔良，被一艘蒸汽船沿着密西西比河运到维克斯堡，被一艘小一点的蒸汽船沿着亚祖河和桑富拉尔河和塔拉哈奇河运到依科莫土比的老码头，码头现在属于萨特潘了，从这里由牛拉了十二英里进入杰弗生：两间相同的四柱大厅，一间在北，一间在南，每间都有新奥尔良锻铁制成的阳台，在其中的一间——

南面那间——1861年沙多里斯将站在这里，身穿这个城市见到的第一套联盟军制服，而在下面的广场上，里士满聚集的官员入伍并在军团中宣誓，沙多里斯作为上校将把军团带到弗吉尼亚，第一次马纳萨斯之战中计它立在亨利之家的前面成为杰克逊的最左侧，从两间大厅里，每年五月和十一月，延续了一百年，执达官们以他们的任命几乎是世袭的顺序大喊，没有语调变化也没有标点停顿，"到，到，光荣的约克纳帕塔法巡回法庭都到了，听您吩咐"，在他们下方，在相同长度的时间里，除了1863年和1870年之间的七年，后来除了几个不可调和的老女人之外没人把它真正算作一个世纪，镇上的白人男性公民将依次投票选出镇和州的官员，因为1863年一支美国军队焚烧广场和商业区时，法院幸存了下来。它没有逃脱，它只是幸存，比斧子更坚硬，比烈火更坚强，比炸药更坚固；被质量稍差的墙壁坍塌和熏黑的废墟围绕，它依然挺立，甚至包括失去顶部被烟熏黑的柱子，内部当然已经损毁了而且没有了房顶，但是没受影响，丝毫没有偏离巴黎设计师几乎忘却的垂直线，因此他们所要做的全部（它花了九年的时间建造；他们需要二十五年的时间来修复）就是为两层楼装上新地板和一个新屋顶，这次是一个穹顶，带有一个四面钟和一个铃，用来整点报时和拉响警报；到了这时，广场、银行和商店和律师、医生、牙医办公室，都已经被修复了，英国麻雀也回来了，这地方从未真正荒废——饶舌吵闹独立的一群，仿佛伴随着规律性的和死记硬背的人类争吵，无法从中分离，几乎在最后一根钉子被敲下去之前就已经占据了屋檐口和水槽盒——现在鸽子也来了，没完没了地嘟哝着，筑巢在钟楼里，已经篡夺了钟楼，尽管它们好像没法适应钟声，每敲一下就惊恐地冲出穹顶，再敲一下又沉下去、冲出来打转，直到最后一下，然后消失在板条百叶窗的后面，直到什么也没留下，除了惊恐的、嘟囔的咕咕声，如同钟声自己衰减的回音，警报的源头从未被确认，甚至警报本身也从未在震动衰减的空气中留下痕迹。因为它们——麻雀和鸽子——忍受了、持续了一百年，是那里最古老的东西，除了历经百年的、不动声色的法院在城市上方，城市里的大部分人现在甚至不再知道哈珀山姆医生、老艾莱克·霍尔斯顿和路易斯·格瑞尼尔是谁；在变化之上历经百年而不动声色：电和汽油、霓虹灯和拥挤嘈杂的空气；甚至是黑人们从阳台下经过，也进入档案员的办公室投票，选出和白人投票相同的白皮肤流氓和政客和白人至高领导，——周而复始：每隔几年，小镇之父们就会煽动一场运动将其推翻并树立一个新的现代领导，但某个人总会在最后一刻击败他们；他们当然会再次尝试，也许再次被击败或者也许被击败两次，但就仅此而已了。因为它的命运是站在美国的腹地：它的厄运是它的长寿；就像人一样，它的年纪是它自己的羞耻，并且一百年之后就将变得无法忍受。但目前暂时还没有；目前暂时还是麻雀和鸽子：一个饶舌众多而独立，另一个胆怯而踌躇，既惊恐又安静——直到钟声再次敲响，甚至过了一百年之后，它们似乎仍然不能适应，一窝蜂地冲出钟楼，仿佛那个小时，不是仅仅在创世纪以来的漫长疲惫的时间累积中仅仅加上微不足道、极其渺小的一点，而是用时间和末日的第一声巨响摧毁了未被触动的崭新空气。

第一场

法院。下午五点三十分。11月13日。

幕布低垂。随着灯光开始升起：

一个男人的声音 （在幕布后面）让罪犯站起来。

幕布升起，象征着罪犯在被告席中站起来，并显露出法庭的一部分。它没有占据整个舞台，而只有舞台左上的一半，舞台另外一半和底部留在黑暗中，这样可见的布景不仅被打了聚光灯，而且稍稍抬升，是更进一步的象征，在第二幕开始的时候会更清晰——象征有争议的高端裁判所，而这个小镇法庭，只是中间的而非最高的阶段。

这是法庭的一部分——监禁室、法官、官员、双方律师、陪审团。辩方律师是加文·斯蒂文斯，大约五十岁。他看上去更像个诗人，而不是律师，他实际上正是如此：一个单身汉，约克纳帕塔法拓荒家族之一的后代，在哈佛和海德堡接受教育，回到故土成为一个乡村辛辛纳特斯式的人物，相对于真相更在乎正义，或者说是他眼中的正义，反复让自己，经常是无偿地，卷入人民的平等、激情甚至还有犯罪之事，既有白人也有黑人，有时与他已经担任了数年的镇检察官职位直接相悖，现在这桩案子便是如此。

罪犯站着。她是房间里唯一一个站着的——一个黑人女子，非常黑，大约三十岁——也就是说，她有可能是二十岁到四十岁之间的任何一个年纪——有一张平静、高深莫测、几乎茫然的脸，作为那里个头最高、站位最高的人，所有眼睛都看着她，但她自己没有看着他们中的任何一个，而是看向外面和上面仿佛房间里某个遥远的角落，仿佛她独自在那个角落里。她现在——或者最近，确切地说是两个月之前——是一个女佣，照看两个白人孩子，其中的第二个，一个婴儿，她两个月之前将其闷死在摇篮里，她现在因此受审。但她可能也做了很多其他的事——割棉花，为帮工们做饭——在她能力范围之内任何一种体力劳动，或者说，在她有限的时间和空闲范围之内，因为她在她所出生的这个密西西比小镇上首要的名声是荡妇——酒鬼、随便接客的妓女，被某个男人打，或用刀去割他的妻子或情人，或者被他的妻子或情人用刀割。她可能结过婚，至少一次。她的名字——或者她自称的名字，她可能拼写出的名字，如果她会拼写的话——是南希·麦妮戈。

　　房间里一片死寂，每个人都看着她。

法官　在宣读对你的审判之前，你有什么要说的吗？

南希既没回答也没动，她甚至似乎没有在听。

法官 你，南希·麦妮戈，于9月13日，在约克纳帕塔法县杰弗生镇蓄意并在恶意思考之后杀害并谋杀了戈文·斯蒂文斯夫妇尚在襁褓中的孩子……

本庭判决你立即被带回约克纳帕塔法县监狱，在那里于3月13日用绳索吊住你的脖子直至你死亡。愿上帝怜悯你的灵魂。

南希 (在沉寂中非常大声地，没有对着任何人，非常平静，一动不动) 是的，先生。

房间里看不见的旁观者中发出一声惊呼，惊讶于这种闻所未闻的打破常规：开始是惊讶，在南希一动不动的过程中，有可能变成惊恐甚至是混乱。法官敲响小槌，执达官猛地站起来，幕布开始匆忙而抖动地落下来，仿佛法官、官员和法庭本身都在惊慌地抖动，想要隐藏这件不光彩的事；在看不见的旁观者中的某个地方传来一个女人的声音——一声呻吟、恸哭，也许是抽泣。

执达官 (大声地)秩序！注意法庭秩序！秩序！

幕布迅速落下，隐藏了这一幕，灯光迅速暗下，一片黑暗。片刻的黑暗，然后幕布平稳而正常地升起：

第二场

斯蒂文斯家的起居室。下午六点。11月13日。

起居室，中间的桌子上放着一盏灯，几把椅子，左后方有一只沙发，落地灯，壁灯，一扇从门厅开进来的门，后面通向餐厅的两扇门开着，壁炉带有煤气孔。房间的氛围时髦、现代、紧跟时代，但房间本身却拥有另外一个时代的气息——高高的天花板、檐口、家具中的一些；它有一种在一座老房子里的气息，一座内战之前的房子，最终传给了一个老处女幸存者，她将其翻新（参见煤气壁炉和两张填充得过于饱满的椅子）成公寓租给年轻的夫妇或者家庭，能付得起那么多的房租，为的是住在合适的街上，周围都是属于合适的教堂和乡村俱乐部的其他年轻夫妇。

响起了脚步声，然后灯亮了，好像某个准备进门的人按下了墙上的开关，随后门开了，谭波儿进来了，后面跟着她的丈夫戈文，还有律师加文·斯蒂文斯。她二十五岁左右，非常时髦，衣着讲究，穿着敞口的裘皮外套，戴着帽子和手套，拿着手提包。她的头发脆弱而紧绷，但梳理得很整齐。她穿过房间走到桌前停下来，她的脸上毫无表情。

戈文比她大三四岁。他几乎就是一类人的典型；在美国有很多像他这样的人，南方人，出生于两次伟大战争之间：财务有保障的父母的孩子，住城市公寓宾馆，最好大学的校友，在南部或者东部，他们属于合适的俱乐部；已婚并抚养孩子，孩子也会是他们学校的校友，体面地从事不是他们自己要求的工作，通常跟金钱有关：棉花期货，或者股票，或者债券。但这张脸有点不一样，稍微多了一点什么。发生了某件事——悲剧——之前没有警告（当它发现这件事的时候），没有工具来应对，但接受了并且尽力，真正地、真诚地、无私地（也许是它一生中第一次）根据它的规则加以应对。他和斯蒂文斯穿着大衣，拿着帽子。斯蒂文斯一进屋就站住了。戈文一边走一边把帽子丢在沙发上，走到桌子旁谭波儿站的地方，她正在脱下一只手套。

谭波儿　（从桌上的盒子里拿出香烟：模仿那个罪犯；她嘶哑的声音第一次泄露出压抑、控制、歇斯底里）是的，上帝。有罪，上帝。谢谢你，上帝。如果那是你面对被吊死的态度，除了顺从你之外，还能指望法官和陪审团做什么呢？

戈文　够了，老婆。现在别说了。我把火点上，就去买点儿喝的。（对着斯蒂文斯）或许加文可以生火，我去买东西。

谭波儿　（拿起打火机）我来生火。你去买喝的。这样加文叔叔就不必待在这儿了。毕竟，他想做的只是说一声，再见，记得给我寄明信片。他几乎可以只说两个字，如果他尽力的话。然后他就回家了。

　　她走到壁炉旁边，跪下来，打开煤气阀，打火机已经在她的另一只手上准备好了。

戈文　（急切地）快点，老婆。

谭波儿　（点燃打火机，将火苗对着煤气孔）看在上帝的分儿上，你能给我拿点儿喝的吗?

戈文 　好,亲爱的。(他转身:对着斯蒂文斯)把你的大衣放在哪儿都行。

　　　　他走出去,进了饭厅。斯蒂文斯没有动,看着谭波儿把木头点燃。

谭波儿　(仍然跪着,背对着斯蒂文斯)如果你准备留下来,干吗不坐下呢?或者反过来。倒过来说。只把第一句倒过来说:如果你不坐下,你干吗不走呢?就让我失去亲人并被辩护,但至少让我私下里做,因为上帝知道,如果任何一次排泄应该在私下里发生,胜利应该就是那个——

　　　　斯蒂文斯看着她。然后他走向她,从胸前的口袋里掏出手帕,在她身后停下来,把手帕递到她可以看见的地方。她看看手帕,然后抬眼看着他。她的脸色非常平静。

谭波儿　那是干吗用的?

斯蒂文斯　没事。它也是干的。(仍然递着手帕)那就明天用。

谭波儿　(迅速站起来)哦,用来防煤渣。在火车上。我们准备坐飞机;戈文没告诉你吗?我们午夜从孟菲斯机场离开;我们晚饭后就开车出发。明天早上到达加利福尼亚;也许我们甚至会在春天去夏威夷。不,季节不对,也许去加拿大。5月和6月在路易斯湖——

(他停下来,朝着饭厅的方向听了一会儿)所以为什么要手帕呢?不是一个威胁,因为你没有任何东西可以用来威胁我,是不是?如果你没有任何东西可以用来威胁我,我就不会有任何你想要的东西,所以它也不会是贿赂,是不是?

(他们俩都听到饭厅门外的声响,戈文快要走进来了。谭波儿再次迅速放低了声音)这么说吧。因为我不知道你想要什么，所以你是不会从我这儿得到它的。

(声响越来越近——脚步声，玻璃的叮当声) 现在他会给你一杯酒，然后他也会问你想要什么，你为什么跟着我们回家。我已经回答你了。不行。如果你来是为了看我哭，我怀疑你是否能如愿。但你当然也不会得到其他任何东西。不会从我这里得到。你明白了吗？

斯蒂文斯 我听见你说的了。

谭波儿 这意味着，你还是不相信。好吧，那我再说得直接一些。

(更快，更紧张) 我拒绝回答你的问题；现在我要问你一个问题：在多大程度上你——

(随着戈文走进来，她改变了她正在说的话，在句子中间过渡自如，任何一个刚刚进来的人甚至都不会意识到她的音高有所改变) ——是她的律师，她一定跟你谈过；哪怕是一个谋杀了婴儿的瘾君子也一定有她所谓的借口，哪怕是一个黑人瘾君子和一个白人婴儿——或者也许不止这些，一个黑人瘾君子和一个白人婴儿——

戈文 我说，别这样了，老婆。

他拿着一个托盘，上面有一罐水、一碗冰块、三个空的平底玻璃杯和三个已经倒满威士忌的酒杯。酒瓶从他的上衣口袋里鼓出来。他走到谭波儿旁边并把托盘递过去。

戈文 这就对了。我要自己来一杯。改变一下。有八年没喝了。为什么不呢？

谭波儿 为什么不呢？(看着托盘) 不喝冰威士忌苏打水啦？

戈文　这次不喝了。

　　　她拿起其中一个倒满的酒杯。他把托盘递到斯蒂文斯面前，斯蒂文斯拿了第二杯。随后他把托盘放在桌上并拿起了第三只酒杯。

戈文　八年里没喝过一杯酒，我数着年头呢。因此也许这会是重新开始的好时机。至少，喝的时间不会太长。

　　（对着斯蒂文斯）干了吧。干完这杯再加点儿水？

　　　仿佛没有意识到他正在做的事情，他把自己没喝一口的酒杯放在托盘上，从水罐里倒了一些水到平底玻璃杯里并把玻璃杯递给斯蒂文斯，斯蒂文斯喝完了酒杯里的酒并把酒杯放下，拿起平底玻璃杯。谭波儿没碰自己的那杯酒。

戈文　现在或许辩护律师斯蒂文斯将要告诉我们他在这里想要什么。

斯蒂文斯　你妻子已经告诉你了。想要说再见。

戈文　那就说吧。再带一杯路上喝，你的帽子在哪儿啊？

　　　他从斯蒂文斯那儿拿起平底玻璃杯并放回到桌上。

谭波儿　（把她没喝一口的酒杯放回到托盘里）这次放些冰块，也许还要再加一些水。不过，先把加文叔叔的大衣拿来。

戈文　（从口袋里拿出酒瓶并在平底玻璃杯里为斯蒂文斯做了一杯冰威士忌苏打水）没有必要。如果他可以在白人的法庭上举起手臂为一个杀了人的黑人辩护，他当然可以弯下手臂去拿一件羊毛大衣——至少为了和受害者的母亲喝一杯。

　　（迅速地对着谭波儿）对不起。也许你一直都是对的，我是错的。也许我们都必须不停地说那些东西，直到我们可以消灭它们，它们中的一些，它们中的一点——

谭波儿　好吧，为什么不呢。那就来吧。(她看着斯蒂文斯，而不是戈文，斯蒂文斯也看着她，严肃而清醒) 也别忘了父亲，亲爱的。

戈文　(把冰块、水和酒混合在一起) 为什么我应该呢，亲爱的？我怎么能呢，亲爱的？孩子的父亲不幸只是一个男人。在法律的眼中，男人不会受罪：他们只是上诉人或者被告人。法律可怜女人和孩子——特别是女人，特别是谋杀了白人孩子的吸毒黑人妓女。

　　(把冰威士忌苏打水递给斯蒂文斯，斯蒂文斯接过来) 所以我们为什么应该指望辩护律师斯蒂文斯去可怜一个男人或者一个女人？他们只不过碰巧是那个被谋杀的孩子的父母。

谭波儿　(严厉地) 看在上帝的分儿上，你能别说了吗？看在上帝的分儿上，你能安静点儿吗？

戈文　(迅速地转身) 对不起。(他转向她，看到她手里什么也没有，然后看到她满满的一杯酒在托盘里，在他那杯旁边) 没喝？

谭波儿　我不想喝。我想喝点儿牛奶。

戈文　好的。当然要热的。

谭波儿　谢谢。

戈文　(转过身来) 好的。我之前也想到了。我去买酒的时候，就把锅放在炉子上加热了。

　　(走向通往饭厅的出口) 别让加文叔叔走了，等我回来。锁上门，如果必要的话。或者也许只需要打电话给那个黑人自由代理人——他叫什么名字来着？——

　　他走出去。他们没有动，直到传来食品储藏柜的门被关上的声音。

谭波儿 (快速而严厉)你知道多少？(快速地)别跟我撒谎；你难道不知道没时间了吗？

斯蒂文斯 没时间干什么？在你的飞机今晚离开之前？她还有一点时间——四个月，直到3月，3月13日——

谭波儿 你知道我的意思——她的律师——每天都去见她——只是一个黑人，你又是个白人——即使你需要什么东西去恐吓她——你可以从她那儿买到，只需一剂可卡因或者一品脱……

(她停下来，盯着他，处于一种惊讶而绝望的状态；她的声音几乎是平静的)哦，上帝，哦，上帝，她没有告诉你任何事情。是我；我是那个——你难道不知道吗？那是我无法相信的——不愿相信的——不可能——

斯蒂文斯 不可能去相信人类真的没有——用你的话说——堕落？甚至——用你的话说——那些吸毒的黑人妓女？不，她没有告诉我更多。

谭波儿 (提示他)即使是有更多。

斯蒂文斯 即使是有。

谭波儿 那么你认为你知道的是什么呢？不管你是从哪儿知道的；就告诉我，你认为是什么？

斯蒂文斯 那天晚上那儿有个男的。

谭波儿 (迅速地，口齿伶俐地，几乎在他没说完之前)戈文。

斯蒂文斯 那天晚上？当戈文已经在那天早上六点和巴奇一起开车出发去了新奥尔良？

谭波儿 (迅速地，严厉地) 所以我是对的。你恐吓她了，或者只是收买她了？

(打断她自己) 我在努力。我真的在努力。如果我可以理解为什么他们不会堕落，也许就不会这么困难——他们有什么原因不去堕落……

(她停下来；似乎她听到了戈文回来的声响，或者也许只是凭直觉或者对自己房子的了解，知道他热一杯牛奶还要花点时间。于是继续说，快速而平静) 那儿没有男人。你明白吗？我告诉你，警告你，你从我这里得不到任何东西。哦，我知道；你本来可以在任何时候把我送上被告席，去宣誓；当然，你的陪审团不会喜欢这样——给一个失去孩子的妈妈无节制的刑罚，但什么才能与正义相平衡呢？我不知道你为什么不这么做。或者也许你仍然打算——如果你可以在我们今晚越过田纳西州界之前抓住我们。

(迅速、紧张、严厉地) 好吧。对不起。我还知道一些。所以也许只是我自己的堕落，在我发现所有那些不可能去怀疑的东西之后。

(食品储藏柜的门又被关上了；他们俩都听到了) 因为当我说再见并上楼的时候，我甚至不会带着戈文一起。——谁知道呢——

　　她停下来。戈文走进来，端着一个小托盘，上面有一杯牛奶，一个盐瓶和一张纸巾，走到桌前。

戈文 你们在聊什么呢？

谭波儿 没什么。我刚才告诉加文叔叔，他也拥有一些弗吉尼亚州的气质或者说一些绅士的气质，他一定是从你们家这边遗传的，通过你的祖父。现在我要上楼去帮巴奇洗澡、喂饭了。

(她碰了碰杯子试试热度，然后拿起杯子：对着戈文) 谢谢你，亲爱的。

戈文　没事儿，亲爱的。

(对着斯蒂文斯) 你看到了吧？不止是一张纸巾，是那张合适的纸巾。我就是这样被训练的。

(他突然停下来，注意到谭波儿，她并没有明显的异常，只是站在那儿端着牛奶。但他似乎知道发生了什么，对着她) 这是用来干什么的？

谭波儿　我不知道。

他走过去；他们接吻，不是长吻但也不是快速轻吻；绝对是男人和女人之间的吻。随后，谭波儿端着牛奶走向客厅的门。

谭波儿　(对着斯蒂文斯) 那么再见啦，明年6月见。巴奇会给你和麦琪寄明信片的。

(她继续走向门口，停下来，回头看斯蒂文斯) 我甚至可能在关于谭波儿·德雷克名声的事情上也错了；如果你碰巧听到了一些你还没有听到但是真实的事情，我甚至可能认可它。也许你甚至可以相信——如果你能相信你将要听到任何你还没有听到的事。

斯蒂文斯　你相信吗？

谭波儿　(过了一会儿) 不是从我这里，加文叔叔。如果有人想去天堂，我哪有资格阻止他们？晚安。再见。

她走出去，关上门。斯蒂文斯，非常严肃，转身把冰威士忌苏打放在托盘上。

戈文　干了吧。毕竟我还要吃完饭，再收拾收拾行李。你觉得怎么样？

斯蒂文斯　什么怎么样？是行李，还是饮品？你觉得怎么样？我想你也要来一杯的。

戈文　哦，当然，当然。

（拿起倒满酒的小玻璃杯）也许你最好离开，让我们自己去报仇。

斯蒂文斯　我希望它可以安慰你们。

戈文　我向上帝许愿它可以安慰我们。我向上帝许愿我所希望的只是报仇。以牙还牙——还有比这更空洞的词吗？你只有掉了一颗牙才会明白。

斯蒂文斯　但她还是必须死。

戈文　为什么不呢？即使她会是任何损失——一个黑人妓女、醉鬼、吸毒成瘾的人——

斯蒂文斯　——一个无业游民、流浪乞丐，毫无希望，直到有一天戈文·斯蒂文斯夫妇出于怜悯和人道把她从贫民窟里挑出来，又给了她一次机会——（戈文一动不动地站着，他的手慢慢握紧玻璃杯。斯蒂文斯看着他）而这一切的回报——

戈文　看看吧，加文叔叔。看在上帝的分儿上你为什么不回家呢？或者去地狱，或者这里以外的任何地方？

斯蒂文斯　我这就走，马上。那就是为什么你认为——为什么你仍然说她必须死？

戈文　我没有。我和这件事没有关系。我甚至都不是原告。我甚至都没有提起——就是这个词，对吧？——诉讼。我与这件事唯一的联系是，我碰巧是那个孩子的父亲，孩子被她——谁管这鬼玩意儿叫酒？

　　他把威士忌酒瓶、玻璃杯和所有东西都扔进冰桶里，一只手迅速拿起一个空的平底玻璃杯，同时，将威士忌酒瓶倾斜下来，往杯子里倒。起初他没有发出声音，但很快就发现他显然在笑：笑声开始时是正常的，但几乎立刻就失去了控制，简直是歇斯底里，而他仍然在把威士忌往杯子里倒，瞬间就要溢出来，幸好斯蒂文斯伸出手抓住酒瓶。

斯蒂文斯　停下。现在停下。放在这儿。

　　他从戈文手里拿过酒瓶，放下来，拿起平底玻璃杯并把其中的一部分酒倒进另外一个杯子，让其至少成为一杯合理的、可信的饮品，然后把它递给戈文。戈文接过杯子，停止了疯狂的笑声，重新控制住自己。

戈文　(握着没喝过一口的玻璃杯) 八年了。戒酒八年——这就是我的回报：我的孩子被一个吸毒的黑人妓女杀了，她甚至都不愿逃跑，那样的话警察或者某个人就可以对她开枪，就像打死一只疯狗——你明白吗？八年没有喝酒，我因为不喝酒所付出的一切，现在我得到了所有的回报，已经付清了，所以我又可以喝酒了。现在我不想喝酒。你明白吗？就像是我不仅买了我不想要的东西，而且我为此付出的东西没有任何价值，甚至都没有任何损失。所以我笑起来。那是巨大的胜利。因为我甚至在自己不想要的东西上占了便宜。我获得了大的折扣。我有两个孩子。我不得不付出其中一个去发现它其实没有花我的钱——半价：一个孩子，一个绞刑架上的吸毒的黑人妓女：那是我不得不为豁免所付出的一切。

斯蒂文斯　没有这回事。

戈文　因为过去。因为我的愚蠢行为。我的醉酒。我的懦弱，如果你想知道的话——

斯蒂文斯　也没有过去这回事。

戈文　那是个笑话，那件事。只是，笑声不是那么大，是吧？不足以干扰那些女士——干扰德雷克小姐——谭波儿·德雷克小姐。当然，为什么不是懦弱呢。只是，为了好听一点儿，把它叫作简单的过渡训练。你知道吗？戈文·斯蒂文斯，在弗吉尼亚州接受训练，像一个绅士那样喝酒，像十个绅士那样醉酒，带着一个乡下的女大学生，一个少女：谁知道呢？也许甚至是一个处女，开车穿过乡间去另外一所大学参加球赛，醉得超过二十个绅士，迷了路，又醉得像四十个绅士，车撞毁了，这时醉得超过了八十个绅士，完全昏迷，那个少女那个处女被绑架到一家孟菲斯的妓院——（他嘟囔了一个听不清的词）

斯蒂文斯　什么？

戈文　当然；懦弱。把它叫作懦弱；结了婚的老人之间还在乎什么好听不好听啊？

斯蒂文斯　至少后来娶了她，就不算懦弱。是什么——

戈文　当然。娶她是最纯粹的老式弗吉尼亚做派。那实际上是一百六十个绅士。

斯蒂文斯　意图是如此，不论用任何其他的标准来衡量。妓院的囚徒；我之前没怎么听说——

戈文　（迅速地伸手去拿酒杯）你的酒杯在哪儿？把剩下的那些倒了——这里——

斯蒂文斯 (握着酒杯)这杯就够了。你说的被囚禁在妓院是怎么回事？

戈文 (严厉地)就是那些。你已经听到了。

斯蒂文斯 那就是你永远不能原谅她的原因吗？——因为她在你生命中造成了一个时刻，你永远无法回忆，无法忘记，无法解释，无法安慰，甚至无法停止想起，但她自己甚至没有感到痛苦，而是喜欢——那一个月或者多长时间，就像老电影中的一段，白人女孩被阿拉伯贝都因王子囚禁在山洞里？——而你不得不失去单身汉的自由，还有男人关于妻子、孩子纯洁的自尊，去为你妻子根本没有失去、没有遗憾、没有想念的东西买单？那就是为什么这个可怜的、迷失的、苦命的、疯狂的黑女人必须去死？

戈文 (紧张地)离开这里。走吧。

斯蒂文斯 马上就走。——要不这样，把你的大脑清空：停止不得不去想起，停止不得不永远无法忘记；一头扎进虚无，沉下去，永远永远地沉溺，再也不要不得不想起，再也不要在夜晚惊醒，身体扭曲，大汗淋漓，因为你不能，永远不能，停止想起，你可以吗？在那个月里还发生了什么其他的事，当那个疯男人把她囚禁在孟菲斯的妓院里？有没有除了你和她之外没人知道的事，也许甚至连你都不知道的事？

仍然盯着斯蒂文斯，缓慢地，故意地，戈文把那杯威士忌酒放回到托盘上，拿起酒瓶，瓶底朝上举过自己的头顶。瓶塞脱落了，威士忌立刻倾倒出来，顺着他的胳膊和衣袖流到地板上。他似乎都没有意识到。他的声音很紧绷，几乎口齿不清。

戈文　帮帮我，上帝……帮帮我，上帝。

　　过了一会儿，斯蒂文斯走过去，不急不慢地把他自己的酒杯放回到托盘上，然后转身拿起沙发上的帽子，从大门走出去。戈文又站了一会儿，举着酒瓶，现在酒瓶已经空了。他长长地、颤抖地吸了一口气，似乎激活了，醒了，把空酒瓶放回到托盘上，注意到他没喝一口的威士忌酒杯，拿起来，在手里握了一会儿；随后转身，把杯子对着壁炉砸过去，砸在燃烧的煤气圆木上，站着，背对着观众，又长长地、颤抖地吸了一口气，然后双手抹脸，转身，看着自己浸湿的衣袖，拿出手帕，一边走向桌子一边擦拭衣袖，把手帕放回到口袋里，从盐罐旁边的小托盘里拿起折好的餐巾，用餐巾擦拭衣袖，看到这样做没什么用，把皱成一团的餐巾扔回威士忌托盘；现在，表面上恢复了平静，仿佛什么都没有发生过，他把所有的杯子都放回大托盘，把小托盘和餐巾也放回去，拿起托盘，平静地走向饭厅的门，灯光开始暗下。

　　灯光完全熄灭。舞台一片黑暗。

　　灯光亮起。

斯蒂文斯家的起居室。晚上十点。3月11日。

房间与四个月之前完全一样，除了这时桌子上的台灯是唯一的光源，沙发也被移动过了，有一部分面对着观众，沙发上躺着一个一动不动的、被毯子裹着的物体，一把椅子放在台灯和沙发之间，椅子背面的阴影落在沙发上的物体上，让它多少有些无法辨认，饭厅的门现在都关着。跟第二场中一样，电话放在走廊的小台子上。

走廊的门开了。谭波儿走进来，后面跟着斯蒂文斯。她穿着长款的家居服，她的头发用一根丝带扎着，好像准备去睡觉了。这次斯蒂文斯也拿着上衣和帽子；他的西服和上次不同。显然她已经警告过斯蒂文斯，让他不要讲话；在他身上能看出这一点。她走进来，停下来，让他走过去。他停住，环视房间，看到了沙发，站在那儿看着沙发。

斯蒂文斯　这就是他们所说的植物。

他走向沙发，谭波儿看着他，他停下来，俯视着阴影中的物体。他轻轻地把形成阴影的椅子拉到一边，显现出一个小男孩，大约四岁，包在毯子里，睡着了。

谭波儿　为什么不呢？哲学家和其他的妇科医生不是告诉我们，女人会用任何武器反击，甚至是她们的孩子？

斯蒂文斯　（看着孩子）包括你告诉我的给戈文的安眠药？

谭波儿 好吧。

（靠近桌子）如果我停止抗争，我们可以省下多少时间啊。我从加利福尼亚大老远地过来，但我似乎仍然没法停止。你相信巧合吗？

斯蒂文斯 （转身）不相信，除非必须。

谭波儿 （在桌边，拿起一张折叠的黄色电报，打开，朗读）发自杰弗生，3月6日。"离13号还有一个星期。但到时候你会去哪儿？"签名是加文。

　　　　她把电报又按照原来的折痕折好。斯蒂文斯看着她。

斯蒂文斯 怎么？今天是11号。那个是巧合吗？

谭波儿 不是。这个是。

（她把折好的电报丢下、扔到桌上，转身）就在那天下午——6号。我们当时在海滩上，巴奇和我。我在看书，他在——哦，大部分时间都在讲话，你知道的——"加利福尼亚离杰弗生远吗，妈妈？"我说"是的，亲爱的"——你知道的：仍在看书或者尽量在看书，他说，"我们会在加利福尼亚待多久，妈妈？"我说，"直到我们厌倦了这里。"他说，"我们会待在这里直到他们绞死南希吗，妈妈？"当时已经太晚了；我本来应该预见到的但现在太晚了；我说，"是的，亲爱的。"然后他直接坐到我的腿上，直接从——怎么会这样呢？——婴孩、吃奶的孩子的嘴里说出来？"到时候我们去哪儿，妈妈？"然后我们就回到宾馆，你也在那里。好啦？

斯蒂文斯 什么好啦？

谭波儿 好吧。看在上帝的分儿上我们停止吧。

（走到一把椅子前）现在我在这里，不管以前是谁的错，你想要什

么？一杯酒？你想喝酒吗？至少，把你的外套和帽子放下。

斯蒂文斯　我甚至还不知道。那就是你回来的原因——

谭波儿　（打断他）我回来？不是我在——

斯蒂文斯　（打断她）——在说，看在上帝的分儿上我们停止吧。

他们相互盯着：过了一会儿。

谭波儿　好吧。放下你的外套和帽子。

斯蒂文斯把帽子和外套放在椅子上。谭波儿坐下。斯蒂
文斯坐在对面的椅子上，这样在背景中，沙发上睡着的孩子
在他们俩人中间。

谭波儿　所以南希必须被挽救。所以你来找我，或者是你和巴
奇，从你那里到我这里。因为显然我知道一些事我还没告诉
你，或者也许你知道一些事我还没告诉你。你觉得你知道
什么？

（迅速地；他什么也没说）好吧。你知道什么？

斯蒂文斯　什么都不知道。我不想知道。所有我——

谭波儿　把那个再说一遍。

斯蒂文斯　把什么再说一遍？

谭波儿　你觉得你知道的事情。

斯蒂文斯　什么都不知道。我——

谭波儿　好吧。为什么你觉得我还有些东西没告诉你？

斯蒂文斯　你回来了。大老远从加利福尼亚——

谭波儿　还不够。再来。

斯蒂文斯　你当时在那里。

（谭波儿的脸扭向别处，把手伸向桌子，摸索着，直到她找到烟盒，拿起一根香烟，又用这只手继续摸索，直到她找到打火机，把它们放回到自己的腿上）**在审判中。每一天。一整天，从法庭一开门——**

谭波儿 （仍然不看他，极其随便地，把香烟放进嘴里，叼着香烟说话，香烟上下移动）失去孩子的母亲——

斯蒂文斯 是的，失去孩子的母亲——

谭波儿 （香烟上下移动：仍然不看他）——她自己看着她复仇的成果；母老虎伏在被她杀死的幼崽身上——

斯蒂文斯 ——她本来应该陷入深深的悲痛而不会想到复仇——看到杀死她孩子的人会受不了……

谭波儿 （不看他）我想她的确抗议得太多了？

斯蒂文斯没有回答。她把打火机打着，点燃香烟，把打火机放回到桌上。斯蒂文斯身体前倾，把托盘沿着桌面推过去，直到她可以够得着。她现在看着他了。

谭波儿 谢谢。现在让我在你面前班门弄斧一下。我知道什么，你觉得我知道什么，可能发生过什么事，都不重要。因为我们甚至不会需要这些。我们需要的只是一份证词。说她疯了。疯了好几年了。

斯蒂文斯 我之前也这么想过。但现在来不及了。五个月之前就该这么做。现在审判已经结束了。她已经被定罪并宣判。在法律眼中，她已经死了。在法律眼中，南希·麦妮戈甚至都不存在了。即使有比这更好的理由。最好的理由也没用了。

谭波儿 （抽着烟）是吗？

斯蒂文斯 我们没有理由了。

谭波儿 （抽着烟）是吗？

> （她坐回到椅子上，快速地抽着烟，看着斯蒂文斯。她的声音柔和、耐心，只是有一点快，跟抽烟一样快）对的。好好听着。真的好好听着。我就是那份证词；离她被处决只剩一天的时候，我们晚上十点还在这里干什么别的呢？我还有什么其他的原因——就像你说的那样——大老远从加利福尼亚回来，更不用说——就像你有可能说的那样——一个虚假的巧合去挽救——就像我觉得我会说的那样——我的面子？我们现在需要的只是决定把什么东西放进那份证明，放多少。一定要试一试；也许你最好先喝一杯。

斯蒂文斯 过一会儿，也许喝一杯。我现在光是考虑伪证罪和藐视法庭罪就已经感到头晕了。

谭波儿 什么伪证罪？

斯蒂文斯 那就不是见利忘义了，比这更糟：无能。在我的客户不仅被定罪，而且被宣判之后，我却突然弄出个控方的主要目击证人来提供证据，以推翻整个审判——

谭波儿 告诉他们我忘了这一点。或者告诉他们我改变主意了。告诉他们地区检察官当时贿赂我让我什么也不要说——

斯蒂文斯 （强硬而平静地）谭波儿。

> 她快速地抽了几口烟，把烟从嘴里拿出来。

谭波儿 或者还有更好的方法；这不是很明显吗？一个女人的孩子被闷死在摇篮里，她想复仇，为了复仇不择手段；然后当她复了仇，意识到她没法承受，不能为了复仇而牺牲一个人的生命，哪怕是一个黑人妓女的生命。

斯蒂文斯　别说了。一次只谈一件事。至少，让我们谈同一件事。

谭波儿　我们还在谈什么别的啊，除了关于拯救一个被判了死刑的客户，她受过训练的律师已经承认他失败了？

斯蒂文斯　那么你真的不想让她死。你的确制造了那个巧合。

谭波儿　我刚才不就是这么说的吗？至少，看在上帝的分儿上，阻止一下，可以吗？

斯蒂文斯　好的。所以谭波儿·德雷克必须救她。

谭波儿　是戈文·斯蒂文斯夫人。

斯蒂文斯　谭波儿·德雷克。

　　　　她盯着他，抽烟，现在是故意地。她故意把香烟拿出来，仍然看着他，伸手把香烟摁灭在烟灰缸里。

斯蒂文斯　好吧。再告诉我一次。也许这次我都能明白，至少我一定会听。我们制造了——突然弄出——一份发了誓的证词，说这个女杀手在犯罪时精神失常。

谭波儿　你刚才是在听的，是吧？谁知道呢——

斯蒂文斯　建立在什么基础上？

谭波儿　——什么？

斯蒂文斯　那份证词。建立在什么基础上？

　　（她盯着他）在什么证据上？

谭波儿　证据？

斯蒂文斯　证据。证词上写什么？我们现在要确认一些原因，任何原因，我们——你——我们之前觉得不合适提出或者一直没有提出，直到她——

谭波儿　我怎么知道？你是律师。你想要在里面写什么？这种证词里会有什么，需要有什么，才能生效，才一定能生效？你的法律书里难道没有样本吗——报告，不管你把它们叫作什么——你可以复制一下并让我宣誓？好的样本，确定的样本？至少，当我们做这类事的时候，挑出一个好的样本，好到没有人——哪怕是没有受过训练的律师——也找不出破绽……

　　她的声音停止了。她盯着他，而他一直盯着她，什么也不说，只是盯着她，直到她嘶哑地吸了一口气；她的声音也嘶哑了。

谭波儿　你想要什么？你还想要什么？

斯蒂文斯　谭波儿·德雷克。

谭波儿　（快速地、嘶哑地、立即地）不。戈文·斯蒂文斯夫人。

斯蒂文斯　（毫无瑕疵地、平静地）谭波儿·德雷克。真相。

谭波儿　真相？我们正在尽力拯救一个被判了死刑的女杀人犯，她的律师已经承认失败了。真相和这事有什么关系？

　　（快速地、嘶哑地）我们？我，我，她谋杀的孩子的母亲；不是你，加文·斯蒂文斯，律师，而是我，戈文·斯蒂文斯夫人，那位母亲。你就不能记住，我愿意做任何事，任何事？

斯蒂文斯　除了一件事。这件事是关键。我们不关心死亡。那无关紧要：任何一点小小的事实和发过誓的文件就可以对付。那已经全部结束了；我们可以不管它。我们现在尽力对付的是不公正。只有真相才能对付它。或者爱。

谭波儿　（嘶哑地）爱。哦，上帝啊。爱。

斯蒂文斯 那就称之为怜悯吧。或者勇气。或者只是荣誉、诚实，或者只是一种对夜晚睡觉权的渴望。

谭波儿 你还跟我扯睡觉？我六年前就知道如何不再意识到我不介意晚上不睡觉。

斯蒂文斯 但你制造了那个巧合。

谭波儿 看在上帝的分儿上，你能不说了吗？你能……好吧。那么如果她的死无关紧要，你想要什么呢？你到底想要什么呢？

斯蒂文斯 我告诉过你了。真相。

谭波儿 我也告诉过你了，你一直喋喋不休的真相，和这事没有关系。当你来到——你管接下来这一帮受过训练的律师叫什么？最高法院？——你所需要的将是事实、纸稿、文件，宣过誓的，无可争议的，没有其他受过训练或者没有受过训练的律师能够从中找出破绽，挑出毛病。

斯蒂文斯 我们不会去最高法院。

（她盯着他）那都已经结束了。如果那可以做，那可以足够，我四个月之前就会想到它，关注它。我们要找州长。今晚就去。

谭波儿 州长？

斯蒂文斯 或许他也不愿意救她。他可能不愿意。

谭波儿 那为什么要去问他？为什么？

斯蒂文斯 我告诉过你了。真相。

谭波儿 （平静的惊诧）不为别的原因。不为更好的原因。只是让它说出来，吐出气来，变成词语，声音。只是要被听到，被告诉，某人，任何人，任何与这件事无关的陌生人，只是因为他能够倾听它，理解它。为什么闪烁其词呢？为什么你不继续告诉我，这对我的灵魂有好处——如果我有灵魂的话？

斯蒂文斯 我已经这样做了。我说过了，这样你晚上就能睡觉了。

谭波儿 我已经告诉你，我六年前就忘了想睡觉是什么感觉。

　　她盯着他。他没有回答，看着她。她仍然观察着他，把手伸到桌上，伸向烟盒，然后停住，一动不动的，她的手悬着，盯着他。

谭波儿 那么还有其他一些事。这次我们甚至就要得到那个真实的东西了。好吧。开枪吧。

　　他没有回答，没有任何表示，观察着她。过了一会儿，她把头转向沙发和睡着的孩子。她仍然看着那个孩子，站起来走向沙发，站着俯视那个孩子；她的声音很平静。

谭波儿 所以它终究是个植物；只是我似乎不知道给谁。

（她俯视着那个孩子）我把我剩下的孩子扔向你。现在你把他扔了回来。

斯蒂文斯 但我没有弄醒他。

谭波儿 那我抓住你了，律师。为了他的宁静和安睡，还有什么比绞死他妹妹的谋杀犯更好的呢？

斯蒂文斯 不管用什么方法，撒什么谎？

谭波儿 也不管是谁的。

斯蒂文斯 但你制造了那个巧合。

谭波儿 是戈文·斯蒂文斯夫人干的。

斯蒂文斯 是谭波儿·德雷克干的。戈文·斯蒂文斯夫人甚至没有在这个阶层战斗。这是谭波儿·德雷克的阶层。

谭波儿 谭波儿·德雷克死了。

斯蒂文斯 过去永远不死。它甚至都不是过去。

她回到桌边，从烟盒里拿起一根香烟，放到嘴里，伸手去拿打火机。他俯身过去仿佛要把打火机递给她，但她已经找到了，迅速拿过来，点燃了香烟，透过烟雾说话。

谭波儿 听着。你知道多少？

斯蒂文斯 什么都不知道。

谭波儿 你发誓。

斯蒂文斯 你会相信我吗？

谭波儿 不会。但你还是发个誓吧。

斯蒂文斯 好吧。我发誓。

谭波儿 （把香烟摁在托盘里）那么听着。仔细听着。

（她站着，紧张，僵硬，面对着他，盯着他）谭波儿·德雷克死了。谭波儿·德雷克将会比南希·麦妮戈死的时间多六年。如果能拯救南希·麦妮戈的是谭波儿·德雷克，那么请上帝帮助南希·麦妮戈。现在离开这儿吧。

她盯着他；又过了一会儿。他站起来，仍然观察着她；她也目不转睛地盯着他。随后他开始走动。

谭波儿 晚安。

斯蒂文斯 晚安。

他回到椅子边，拿起他的外套和帽子，然后继续走到门口，把手放在门把手上。

谭波儿 加文。(*他停住，手放在门把手上，回头看她*)也许我会要一块手帕。

(*他又看了她一会儿，然后松开门把手，一边走向她，一边从胸前的口袋里拿出手帕递给她。她没有接。*)好吧。我必须做些什么？你有什么建议？

斯蒂文斯 一切。

谭波儿 我当然不会。你能够理解的，是不是？至少你可以听到。所以我们从头开始吧，好不好？我必须告诉你多少？

斯蒂文斯 一切。

谭波儿 那我就不需要手帕了。晚安。你出去的时候请关上前门。天气又开始冷了。

　　　　他转身，再次走到门口，没有停也没有回头，出去，关上门。她现在也没有看他。门关上之后，她没有动。然后她做了个手势，有点像戈文在第二幕时那样，但她只是用两只手掌用力按住她的脸，她的脸平静、无表情、冰冷，把手放下来，转身，从托盘边捡起摁扁的香烟，放进托盘里，拿起托盘，走到壁炉边，经过沙发的时候瞥了一眼睡着的孩子，把托盘里的东西倒进壁炉，回到桌边，把托盘放在桌上，这次停在沙发边，弯下腰，帮孩子掖了掖毯子，然后走向电话并拿起听筒。

谭波儿 (*对着电话说*)请接239。

(*当她站在那儿等着回话，后面那扇开着的门外面的黑暗中有轻微的移动，没有声音，显示出某个东西或者某个人在那儿或者在那儿动了一下。谭波儿已经转过身了，所以没有注意到。她对着电话说*)是麦琪吗？我是谭波儿……是的，很突然……哦，我不知道；也许我们对太阳感到厌倦了……当然，我明天会顺道过来。我本来想给加文留个消息的……我知道；他刚刚从这儿离开。我忘了一些事情……如果他回来时你让他给我打个电话……是的……难道不是吗……是的……如果你愿意……谢谢你。

（她放下听筒，开始转身回房间，这时电话响了。她转回去，拿起听筒，对着它说）你好……是的。又是巧合；我的手正好在电话上；我刚给麦琪打电话……哦，那个加油站。我以为你没有时间。我三十分钟就好。你的车，还是我们的？……听着……是的，我在这儿。加文……我必须告诉你多少？

（匆忙地）哦，我知道；你已经告诉我八遍还是十遍了。但也许我没有听清楚。我必须告诉你多少？

（她听了一会儿，安静，不动声色，然后慢慢开始把听筒放回托架；她语气平静，没有音调变化）哦，上帝。哦，上帝。

（她把听筒放下，走到沙发旁，啪的一声关掉台灯，抱起孩子，从门口走进门厅，一边走一边关掉房间里剩下的灯，现在房间里仅有的光是从门厅照进来的。她一从光线里消失，戈文就从后面的门里进来，穿戴整齐，只是没有穿戴外套、马甲和领带。他显然没有吃安眠药。他走到电话旁，安静地站着，脸对着门厅的门，显然在听，直到谭波儿安全地离开。现在门厅的灯关上了，舞台陷入完全的黑暗）

戈文的声音　（轻轻地）请接239……晚上好，麦琪阿姨。我是戈文……好，谢谢你……当然，明天的某个时候。加文叔叔一回来，请你让他给我打个电话吧？我会在的。谢谢你。（他把听筒放回去的声音）

（大幕落下）

第　　二　　幕

金　色　圆　顶

（　太　初　有　道　）

杰克逊。海拔89.6米。人口（公元1950年）201,092人。

由一支三位专员组成的远征队定位，三位专员都是为了那唯一的目的挑选、任命并派遣的，位于波尔河上的高崖，大致在州的地理中心，不成为集市或者工业小镇，甚至都不作为人们居住的地方，而成为首府，州首都；

刚开始这个圆形物就已经被裁定了，这个镀金的脓疱，已经在水汽蒙蒙的明暗对照法之前和之外，无时间、无季节、无冬天的乌烟瘴气，还没有任何水或土或生命，但这些都是不可分开、不可分割的；一次翻滚一次产卵一个母亲—子宫，一次愤怒的肿胀，父亲—母亲—合一，一次巨大的孵化射精，已经在来自天际的、实验性的工作台上一次沸腾的混乱中裂变；一次产卵的爬行和匍匐，带着三个脚趾的肥大脚印，印上了水汽蒙蒙的—绿色的束缚着的煤和石油的衣服，在其之上愚笨的爬行动物的头在沉重的被皮革拍打的空气中起伏；

然后是冰，但仍然是这个圆形物，这个小脓疱—圆顶，这个被埋葬的半个球形的半球体；土地颠簸，向黑暗处拖曳长长的大陆侧腹，寒冷的快门盖在空白、冒失的空虚中切入最后的一个声音，一次哭喊，一个微小、大量的衰败迹象，已经衰弱然后不复存在，失明、失声的地球继续旋转，在漫长、无迹的星际轨道上转圈，被冻僵，无潮汐，但这微弱的闪光仍然在那里，这个火花，人类永恒渴望的这个鎏金碎屑，这个注定的、坚不可摧的金色圆顶，这个极小的胎儿式闪光，比冰块更坚固，比结冻更坚硬；地球再次蹒跚而行，陷入泥沼；冰块带着极小的速度，冲刷出山谷，刻画出山脉，然后消失；地球更加倾斜了，让大海边缘后退，由甲壳动物外壳形成的项链式边缘形成退后的轮廓线，就像在树桩里显示树龄的螺纹轮生体，由退后的南面封堵南面，通向那无声、诱人的闪光，那汇聚陆地的沼泽，将宽广、空白的大陆中部那一页封堵于光亮和空气中，那一页是有序记载的第一笔——一个实验室式的工厂，覆盖以后的二十个州，为了制造一个整体而建立和规定：季节、雨雪、冰冻融化、太阳干旱被命令悠然回转，让土壤通风松动，一百条河流汇合成一条巨大的河流之父，带着肥沃的泥沙，肥沃的收获，一路向南，雕刻峭壁以承载一长串河岸小镇，淹没密西西比的低地，铺开肥沃的淤泥层，一厘米一米，一年一世纪，土地表面不断增高，到了一定的时候（与那漫长无痕的编年史相比，距今不算久远）将随着驶过的列车而颤抖，就像是一只猫通过一座悬索桥；

那肥沃的、深深的黑色淤积土壤将种出高过骑马人头顶的棉花，已经是一片丛林、一种阻隔、一个茂密到无法通过的荆棘、甘蔗、葡萄藤与高耸的橡胶树、柏树、山核桃树、针叶橡树、白蜡树互相交织缠绕，现在被印上了并非异域形状的路径——熊、鹿、黑豹、野牛、狼、鳄鱼、大量小一些的野兽，还有并非异域的人们也许也会为它们命名——那些无名却有记录的前辈（也包括这些人们自己），筑起土丘以逃避春天的洪水并留下他们仅有的加工品：过时了，被剥夺，那些剥夺他们的人接下来也会被剥夺，因为他们也会过时：蛮荒的阿尔冈昆，契卡索和乔克托和拿切士和帕斯卡古拉，带着原初的惊讶从高高的峭壁上向下凝视一只载着三个法国人的齐佩瓦独木舟——几乎没有时间回转，回头就看见十个，然后一百个，然后一千个西班牙人从大西洋横跨大陆而来：一个浪潮，一次冲刷，一个三回合的往复运动，如此迅速地穿过地上缓慢淤积的编年，就像魔术师抓着一副纸牌的双手，灵活地交替轻击：法国人待一阵子，然后是西班牙人，也许待两阵子，然后法国人再待两阵子，然后西班牙人再待一阵子，然后法国人再待一阵子直到最后，喘半口气；因为然后来了盎格鲁-萨克森人，那个拓荒者，那个高个子的人，咆哮而来，带着清教的圣经和喝醉的威士忌，一只手上是《圣经》和酒壶，另一只手上是（仿佛就像不是）本地的战斧，吵闹着，混乱不是出于邪恶而仅仅是因为他过于亢奋的腺体；既溺爱妻子又一夫多妻：一个已婚的不可征服的单身汉，身后拽着他怀孕的妻子和他岳母家其余人中的绝大部分，进入这无人涉足又人满为患的森林，产下那个孩子，就像不是在胯部佩枪、没有地图的那群人的路障后面，然后又让她怀上另一个，在到达他所渴望的最终目的地之前，并且同时将他热情洋溢的种子播撒到沿途一千英里荒野的一百个昏暗的肚子里；无辜而轻信，身体内部最深处没有贪婪或同情，也没有事先的考虑，改变了地球的面貌：砍倒一棵花了两百年才长成的树，为了从中获取一只熊或一兜野蜂蜜；

这些也过时了：仍然砍倒一棵两百年的树，当熊和野蜂蜜都没了，里面再也没有什么了，而是一只浣熊或者一只负鼠，皮毛最多值两美元，将地球变成一片嚎叫的荒原，他自己将第一个从荒原上消失，甚至不是紧跟着他之前剥夺的略微黑一点儿的野人，而是与之同步，因为，和他们一样，只有荒野可以喂养和滋养他；就这样消失了，炫耀着他咆哮的饕餮时段，不见了，留下他的鬼魂、被遗弃的和被禁止的，现在没有《圣经》了，身上只有强盗的、谋杀犯的手枪，在他自己之前帮忙毁灭的荒野边缘出没，因为河岸小镇现在沿着前进的峭壁逐渐向南面后退：圣路易斯、帕杜卡、孟菲斯、海伦娜、维克斯堡、拿切士、巴吞鲁日，这里的人们都满嘴法律，身穿绒面绣花背心，拥有黑奴、帝国大床、镶木柜子和仿金铜钟，沿着峭壁闲逛，抽着雪茄，峭壁之下，他在棚屋和平底船的外围寻衅滋事，用尽他注定毁灭之夜的最后一刻，在和他一样烂醉和毫无价值的同类凶狠的刀下，一次又一次地失去他毫无价值的生命；——这发生在哈尔普、哈尔、梅森和穆里尔消失的化身被追踪和被攻击的间歇，或者当场被射中，或者被猛拉、硬拽出他在拿切士足迹小道沿途隐秘的荒野据点（一天有人把一颗奇妙的种子带到这片土地，将它插入土里，现在成了大片白地，不仅盖住了他之前用不怀好意和不加注意的斧子弄出的荒野之地，而且正在抹去、回转荒野，甚至比他之前的速度更快，这样当他蹲在灌木丛中时，他的背后几乎没有遮蔽，他盯着他的剥夺者，带着无能为力、难以置信、无法理解的愤怒）进入小镇，他的人生正式地完成颠覆，在一间法院，然后是一个绞刑架或者一棵树的粗枝干；

因为那些日子已经远去，那些古老、勇敢、无辜、嘈杂、饕餮、没有明天的日子；最后的大平底船和龙骨船（迈克·芬克是个传奇；很快甚至他的祖父们都不再声称记得他，大河英雄现在是蒸汽船赌徒，穿着湿漉漉的华丽衣服，从船长将他困住的船头涉水上岸）已经被拆散了，在沙特尔、图卢兹、多芬大街作为烧火的木头出售，乔克托和契卡索的勇士们，短发、长袍，带着抽骡子的鞭子代替大棒，已经整装向西行进，到达俄克拉荷马，看着蒸汽船犁平最浅和最远的荒野河流，随着桨轮的运行轻轻颠簸的，是被哈尔和梅森杀掉的人的掏空内脏的像石头一样重的骨头；一个新的时期，一个新的时代，千禧年的开始；一张巨大的单一的商业之网，在大陆中央的河流的环抱中交织缠绕；新奥尔良、匹兹堡，还有布里杰堡、怀俄明，相互毗邻，注定不可分割；人们满嘴法律和秩序，所有人的嘴都环绕金钱的声音；一个无处不在的黄金论断吼出了这个国家无边无际、不可测量的上午：利润加规则等于安全：一个共同体国家；那个碎屑、那个穹顶、那个鎏金的脓疱、那个现在升起的理想，像一个气球或者一个征兆或者一片雷雨云悬在过去的荒野之上，吸引、保持所有人的目光：密西西比：一个州，一个共同体；立法、司法、行政三权分立，但没有州府，其功能仿佛是个田野总部，运行仿佛仍然走向共同体星系中那个不可避免的高地，因此在1820年从邮编为哥伦比亚的地方，立法机构选择、任命并派遣了三名专员海因斯、拉蒂摩尔和帕顿，不是三名政治家，更不是三名混日子的政客，而是士兵、工程师和爱国者——士兵对付现实，工程师对付志向，爱国者紧紧抓住梦想——三个白种男人乘着乔克托独木舟慢慢地向着一条荒野河流上游的空洞区域移动，就如同两个世纪之前，三个法国人曾经乘着他们的北方桦树皮舟漂向下游那个更为广阔和空洞的区域；

但不是漂流，这些人用桨划船，因为这次是逆流而上，不是出于进入未知秘密和权威的自主选择，而是要在荒野中建立一个据点，让人们出于良知和自由意愿聚集起来，也轮到他们审视，观看茂密而神秘莫测的河岸，可能也意识到了陌生而屡教不改的眼睛，但已经排斥它们，不是因为荒野的黑人居民——他们已经在多克被剥夺了——现在不是那么积习难改，而是因为这只独木舟承载的不是基督和圣路易斯温顺和嗜血的十字架，而是天平、眼罩和刀剑，——逆流到达勒夫勒尔悬崖，那个在高高的温和的岬角上的货栈，由加拿大旅行者建立，他的名字现在叫作、拼写作"勒夫勒尔"，将由那个半法国半乔克托继承人承担，乔克托族的首任族长，支持舞兔村委员会的白人，在他的人民离开去西部之后继续留在密西西比，由此成为第一批伟大的蓄奴棉花种植园主之一，在他身后留下了一个以他名字命名的郡和其所在地，还有一个为纪念法国皇帝的情人而命名的种植园，——最终停下来，但仍然在慢慢地划桨，让独木舟不至于被水流冲走，不是向上看着那些从峭壁顶部观察他们的黑色的被剥夺者的脸庞，而是在因恐惧而动弹不得的小船上相互看着盯着他们自己，说着，"这是那座城。这是那个州"；

1821年，海因斯将军和他的专员们，还有亚伯拉罕·德福朗斯，华盛顿公共建筑监管人，为他们提供建议，规划了这座城市，根据托马斯·杰弗生十七年前给领土总管克莱本的计划，建造了州议会大厦，三十英尺乘四十英尺的砖块、黏土和当地的石灰石建筑，但面积足够容纳梦想；新一年的1822年，第一次立法大会在这里召集；

并且用另外一个老英雄的名字来为城市命名，英雄海因斯在不列颠和塞米诺尔战场的兄弟和即将就任的总统——老决斗者，惹是生非、精瘦、凶残、肮脏、持久的老狮子，他将国家的安康置于白宫之上，他将新政党的健康置于前两者之上，在所有这些之上的，不是他妻子的荣誉，而是那个原则，荣誉必须被捍卫，不论它是还是不是，因为，被捍卫了，它就是，不管它是还是不是；——杰克逊，那个新城市，不是作为一座城市，而是用来统治人的中心据点，可能分散了成功士兵的勇气、耐力和运气，将其周边地区根据弱一点的英雄命名为"海因斯郡"，作为英雄的总部，哪怕它空无一物，不仅分散了他的尊严而且甚至保卫并增加了它的地位；

并且需要它们，至少是运气：1829年，参议院通过了一个法案，授权将州府迁至克林顿，众议院驳回了它；1830年，众议院自己投票将州府迁至密西西比河上的吉布森港，但瞬间又重新考虑，背信弃义，第二天他们投票迁至维克斯堡但也没了下文，没有记录（舍尔曼1863年把记录烧了并通过手写字条告知他的上级，格兰特将军，简明扼要得令人舒适，鼓舞人心）来显示这次到底发生了什么：一次审判，也许是一次预演，或者也许仍然经过了一周或一个月的老一套惯例，或者也许是不成熟的天真，缺乏或至少是丢失了一致的声音或者三个塑造潮流、背负梦想的爱国—梦想者的在场，就像一个孩子带着炸药：对于自己造成变化的能力一无所知：直到1832年，也许只是出于自卫或者只是疲惫，一部宪法被编写出来，将杰克逊定为州府，如果不是永久至少也暂时延续到1850年，当（也许是希望）一个更加成熟的法律机关将由更加成熟的人组成，他们因成熟而放弃或者至少习惯于操控的新奇；

到那时为止就足够了；杰克逊是安全的，绝对不会成为简单的玩具；牢牢固定，根基坚固，它将永存；人们来到那里居住，铁路随之而来，用钢铁取消了蒸汽船时代：1836年到达维克斯堡，1837年到达拿切士，然后两者最终交汇形成从新奥尔良到田纳西的路线，以及到纽约和大西洋的南部铁路；安全而固定：1836年老希克利自己在立法会堂宣布法律，五年之后亨利·克雷在那个屋顶之下被款待；它了解为考虑克雷的最终妥协而召集的会议，它目睹1861年大会，会上宣布密西西比成为那个共同体新星系中的第三颗星，投身于一个原则，人们的自愿社区将不仅仅是安全的，而且甚至免受联邦的干涉，并且在捍卫原则和权利时认识了潘伯顿将军，还有约瑟夫·约翰斯顿，还有舍尔曼，还有火，什么都没剩下，一座烟囱城（以前满街是猪，现在满街是鼠）由美国军队将领统治，同时新鲜血液涌入：随之而来的人们，逼近联邦野战军，带着变质的谷子、腐烂的肉和跛脚的骡子，现在正逼近军队法务官，带着毛毡袋子，塞满空白的选票，被解放的奴隶可以在选票上正式地画钩；

但是持续下来；1863年在舍曼之前逃离的政府，1865年返回，甚至也有所发展，尽管在作为一个整体的州剥夺了毛毡袋子很久后，市政府一直坚持着；1869年，陶格鲁黑人学院被建立，1884年杰克逊黑人学院被从拿切士购得，1898年，坎贝尔黑人学院从维克斯堡迁出；1868年当一块"秃鹫"鹰石煽动用军队把罕福瑞斯州长逐出行政办公室和宅邸，由这些学校培养出来的黑人领袖进行了干预；1887年杰克逊妇女们资助为期三天的露天舞会，为死去的同盟军成员纪念碑筹钱；1884年杰弗生·戴维斯在老国会发表了他的最后一次讲话；1890年全州最大规模会议起草了现在的宪法；

并且仍然有人和铁路：新奥尔良和波尔河谷沿线的伟大北方，莫比尔海湾和北方的东北；阿拉巴马和东部黑色草原之间的往返几乎只是一跃而过，去亚祖城的一条线和由大湖地区五个市郊池塘组成的上游河岸小镇；海湾和船岛开启了南方密西西比木材繁荣，芝加哥的声音在木兰花丛和茉莉、夹竹桃的气味中响起；十年中人口翻了两倍，翻了三倍，1892年米尔萨普斯学院打开大门，在最早的高等教育机构中占有了一席之地；随后天然气和石油，德克萨斯和俄克拉荷马的执照牌纷纷到来，像大地上迁徙的鸟和从通风管里冒出的高高的火焰，如同白炽的羽毛立在一个世纪前乔克托篝火的灰烬和消失的鹿的脚印之上；在1903年，新的国会大厦落成——那个金色圆顶，那个疙瘩，那个闪光的碎屑，那个鎏金的脓疱，比污浊空气和巨大而短暂的恐龙长久，比冰和夜前的冷持久，作为一个刺眼的球状物升腾、悬挂在共同体中心之上，既无法被看全，也无法被回避，强硬、不容分辩而且令人放心；

在密西西比这个名字的候选名单里：

克莱本、汉弗莱斯、迪克森、麦克拉伦、巴克斯代尔、拉马尔、普兰蒂斯、戴维斯、沙多里斯、康普生；

在城市的候选名单里：

杰克逊。海拔89.6米。人口（公元1950年）201,092人。

铁路：伊利诺伊中心，亚祖和密西西比山谷，阿拉巴马和维克斯堡，海湾和船岛。

公共汽车：三州中转，瓦尔纳多，托马斯，灰狗，迪克西—灰狗，泰科易—灰狗，奥利弗。

飞机：达美，芝加哥和南方。

交通：街道公共汽车，出租车。

住宿：宾馆，旅游者营地，出租房。

广播：WJDX，WTJS。

消遣：慢性的：南方大学体育协会篮球比赛，音乐节，助童戏剧，五月节，州网球比赛，红十字水上巡游，州集市，助童时装表演，女童子军马术表演，圣诞颂歌节。

消遣：急性的：宗教，政治。

第一场

州长办公室。下午两点。3月12日。

舞台底部在黑暗中，与第一幕第一场中一样，因此可见的场景具有聚光灯之下的效果。也被抬升起来，因为它是在舞台的上部，比第一幕第一场中距离舞台中部的阴影更高，更加推进了那种象征，这是更高的、最后的、最终的审判席。

这是共同体州长办公室的一个角落或者一个部分，深夜，大约凌晨两点——墙上的钟显示是两点过两分——，一张巨大的书桌，桌面上只有一个烟灰缸和一台电话，书桌后面是一把高背的沉重的椅子，像是国王的宝座；椅子后面的墙的上方，是州的徽章，官方标识，代表主权（不存在的主权，因为约克纳帕塔法镇才是这个州的整体）——一只鹰，正义的盲目天平，也许是拉丁语中的一个取代旗帜的装置。书桌前还有两把椅子，分别位于书桌的两边，略微相对。

州长站在高椅子前面，在椅子和桌子之间，在墙上的徽章下面。他也具有象征性：不认识的人，既不老也不年轻，他可能来源于某个人的想法，不是上帝的想法，而也许是天使加布里埃尔的想法，不是耶稣受难之前的加布里埃尔，而是之后的加布里埃尔。他显然刚刚被从床上叫起来，或者至少是从书房或者更衣室叫出来；他穿着一件睡袍，但里面有领子和领带，头发梳得很整齐。

谭波儿和斯蒂文斯刚进来。谭波儿穿戴着与第一幕第二场相同的裘皮外套、帽子、手提包、手套等，斯蒂文斯与他在第一幕第三场中的穿戴一模一样，手里拿着帽子。他们正走向书桌两边的椅子。

斯蒂文斯　早上好，亨利。我们来了。

州长　好的。请坐。(谭波儿坐下的时候)史蒂文斯夫人抽烟吗？

斯蒂文斯　抽的。谢谢。

他从上衣口袋里拿出一盒烟，仿佛是有备而来，以备急需。他抽出其中的一支，把烟盒递给谭波儿。州长把一只手伸进睡袍的口袋，又抽出来，在紧握的拳头里握着某个东西。

谭波儿　(接过香烟)是什么啊？别遮着啦。

(州长把手从桌面上伸过去。里面是一个打火机。谭波儿把香烟放进嘴里。州长打着了火)但是当然，唯一等待死刑执行的人还在杰弗生。因此我们在这里需要做的，是连续开枪，希望至少子弹齐发让我们摆脱这个隐喻。

州长　隐喻？

谭波儿　遮蔽物。行刑队。要不就是隐喻用错了？也许应该是笑话。但是别道歉；一个必须被解释的笑话就像是要给一个鸡蛋执行枪决，对吧？你能做的唯一的事，是把它们都埋了，赶紧的。(州长把打着的火靠近谭波儿的香烟。她靠过去点着了火，然后坐回去)谢谢。

州长关上打火机，在书桌后的高椅子上坐下来，手里仍然握着打火机，他的双手放在桌上。斯蒂文斯在谭波儿对面的另一把椅子上坐下来，把那盒香烟放桌上。

州长　戈文·斯蒂文斯夫人有什么事要告诉我吗？

谭波儿　不是要告诉你，是要请求你。不，不对。我本来可以请求你取消或者减刑或者随便你对一个绞刑判决做些什么，当我们——加文叔叔昨天晚上给你打电话的时候。

(对着斯蒂文斯) 继续。告诉他。你不是代言人吗？——不是你这么说的吗？律师们不总是告诉他们的患者——我的意思是客户——什么也别说：一切让他们来说？

州长　那只是在客户进入证人席之前。

谭波儿　那么这就是证人席。

州长　你凌晨两点从杰弗生远道而来。你是为了什么呢？

谭波儿　好吧。你说得很对。但不是戈文·斯蒂文斯，而是谭波儿·德雷克。你记得谭波儿吧，那个密西西比刚刚步入社交界的淑女，她深造的学校是孟菲斯的妓院。大约八年前，记得吗？任何人都不需要被提醒，尤其是密西西比主权州的第一位拿工资的雇员，只要他八年前能读报，或者与八年前能读报的某个人有亲缘关系，或者甚至是有一位朋友能读报或者只是听说或者只是记得或者只是相信最糟糕的事或者甚至只是希望如此。

州长　我想我记得。那么谭波儿·德雷克要告诉我什么呢？

谭波儿　那不是第一位的。第一位的是，我必须告诉你多少？我的意思是，有多少是你还不知道的？这样我就不用浪费我们所有人的时间从头到尾再说一遍。现在是凌晨两点；你想要——也许甚至是需要——再睡一会儿，哪怕你是我们的第一位拿工资的雇员；也许正是因为如此——你明白吗？我已经在撒谎了。这个州排名第一位的拿工资的雇员损失了多少睡眠，对我来说有什么关系呢？对排名第一位的拿工资的雇员也没什么关系，他工作的一部分就是为南希·麦妮戈们和谭波儿·德雷克们损失睡眠。

斯蒂文斯　没在撒谎。

谭波儿　好吧。那就拖着。也许如果这位阁下或者伟人或者不管他们如何称呼他，愿意回答这个问题，我们就可以继续。

斯蒂文斯　为什么不先提出问题，然后继续呢？

州长　（对着谭波儿）对我提出你的问题吧。我已经知道了多少？

谭波儿　（过了一会儿：她一开始没有回答，一直盯着州长：然后:)加文叔叔说得对。也许你是那个提问的人。只是，尽可能问得不要那么痛苦。因为它将会有一点……痛苦，说得悦耳一点儿的话——至少"悦耳"是对的，是吧？——不管是谁在炫耀那些遮蔽物。

州长　告诉我关于南希——麦妮荷，麦妮科——她是怎么拼的？

谭波儿　她没有拼写。她不会。她不会读也不会写。你即将用麦妮戈这个名字对她执行绞刑，这个名字可能也是错的，但明天过后就没关系了。

州长　哦，是的，麦妮高。查尔斯顿的古老姓氏。

斯蒂文斯　比那个要更古老。麦妮高。南希的家世——或者至少她父亲的名字——有诺尔曼血统。

州长　为什么不先跟我说说她呢。

谭波儿　你真聪明。她是个吸毒的妓女，我丈夫和我把她从臭水沟里带出来，让她照看我们的孩子。她杀了我们的一个孩子，明天早上就要被绞死。我们——她的律师和我——来请你救她。

州长　是的。这我都知道。为什么呢？

谭波儿　为什么我，她杀死的孩子的母亲，在这儿请你救她？因为我已经原谅她了。

（州长看着她，他和斯蒂文斯都看着她，等待着。她也盯着州长，目不转睛地，不是挑衅，只是警惕）因为她疯了。

（州长看着她，她看回去，快速地抽着烟）好吧。你不是想知道为什么我请你救她，而是为什么我——我们会雇一个妓女、流浪乞丐、吸毒鬼来照看我们的孩子。

（她快速地抽烟，在烟雾中说话）为了再给她一次机会——她也是一个人，即使是个吸毒的黑人妓女——

斯蒂文斯　也不是那个。

谭波儿　（快速地，带着一种绝望）哦，是的，现在甚至都不故意拖延了。你为什么不能停止撒谎？你知道的，只是停下来一会儿或者一段时间，就像你在大斋月期间可以停止打网球或跑步或跳舞或喝酒或吃糖。你知道的，不是变革，只是停下来一会儿，清理一下你的系统，休整一下迎接新的论调或做派或谎言？好吧。是要有个人可以倾诉。现在你明白了吧？为了告诉你我为什么必须有个吸毒的妓女可以倾诉，我将不得不说出其余的部分，为什么谭波儿·德雷克，这个白人女人，密西西比刚刚步入社交界的淑女，来自具有悠久传统的政治家和军人家族，在我们主权州崇高而骄傲的记录中的崇高而骄傲，她为什么不找一个会说她的语言的其他人，非要找一个吸毒的黑人妓女——

州长　是的。这么远，这么晚。说吧。

谭波儿 (快速地抽烟，身体前倾，把香烟在烟灰缸里摁灭，再次坐直。她说话的声音坚硬、迅速、刺耳、无情) 妓女，吸毒鬼；毫无希望，在出生之前就注定该死，她活着的唯一理由是得到一个机会作为一个女杀人犯在断头台上死去。——她不仅从臭水沟出来，进入上流名人戈文·斯蒂文斯的家，而且在她家乡城市的首次出场是和一个白人男子躺在臭水沟里，这个男人想要把她的牙齿或者至少是声音踢回她的喉咙里。——你记得的，加文，他叫什么名字？是在我来杰弗生之前，但你是记得的：银行里的出纳员，教会的热心赞助人，或者至少用他没孩子的妻子的名字；这个星期一的早上，南希来了，仍然醉醺醺的，当时他正在打开银行的前门，五十个人站在他背后准备进去，南希走进人群，走到他面前，说，"我的两美元在哪儿，白人？"他转过身打她，把她从人行道打进臭水沟，然后追着她跑，用力跺、踢她的脸或者至少是她的声音，她的声音仍然说着"我的两美元在哪儿，白人？"直到人群逮住他，抓住他，他仍然在踢那张躺在臭水沟里的脸，吐着血和牙齿，仍然在说，"是两个多星期之前的两美元，你之后回来过两次"——

　　她不说话了，把两只手按在脸上一会儿，然后拿开。

谭波儿　不，不用手帕；今晚我们离开家之前，斯蒂文斯律师和我在手帕这事上演习了一遍。我刚才说到哪儿了？

州长　(引用她的话)"已经讲到两美元了"——

谭波儿　所以现在我必须说出所有了。因为那只是南希·麦妮戈。谭波儿·德雷克当时在不止是两美元的周六夜店。但那时，我说你说得很对，是吧？

　　她身体前倾，开始从烟灰缸里拿起被摁扁的香烟。斯蒂文斯从桌上拿起烟盒，准备给她。她把手从被摁扁的香烟那儿收回来，坐直。

谭波儿　(对着斯蒂文斯手中递上的香烟) 不用，谢谢；我不会需要了。从现在起，只是反高潮。致命的一击。受害者从来感觉不到，是吧？——我刚才讲到哪儿了？

　　(快速地) 没关系。这我刚才也说过，是吧？

　　(她坐了一会儿，双手紧握，放在大腿上，一动不动) 似乎有一些东西，很多东西，哪怕是我们排名第一位的拿工资的雇员也不熟悉的；也许因为他成为我们排名第一位的拿工资的雇员还不到两年。但那也不对；他八年前就可以阅读了，是吧？事实上，要是他没有至少提前三年就可以阅读，他也不会被选为哪怕是密西西比州的州长，是吧？

斯蒂文斯　谭波儿。

谭波儿　(对着斯蒂文斯) 为什么不呢？现在只是在拖延，不是吗？

州长　(看着谭波儿) 嘘，加文。

　　(对着谭波儿) 致命一击不仅意味着仁慈，它就是仁慈。说出来吧。给她香烟，加文。

谭波儿　(身体再次前倾) 不用，谢谢。真的不用。

　　(过了一秒) 对不起。

　　(快速地) 你会注意到的，我总是记得说，总是要记着我的礼仪，——就是我们说的"教养"。显示我真的来自绅士阶层，不是南希来自的那种诺尔曼骑士，但至少是不会在主人自己家侮辱主人，特别是在凌晨两点。只是，我来自更远的地方，在南希低调跌倒的地方：你看，又是一个淑女了。

(过了一会儿) 又到了那里。我现在甚至没有撒谎：我在发现错误——他们把这叫什么来着？避免争端。你知道的：我们又在栅栏这儿了；我们这次必须跳过去，要不就撞上去了。你知道的：松开马嚼子，让她咬住一点，抓住，轻轻一拉，只要足够跳过去就行；然后触碰她。所以我们到了这里，又回到了我们开始的地方。我必须告诉你多少？说吧，大声说出来，让任何有耳朵的人都能听到，关于谭波儿·德雷克，我从来没想过，任何事情——尤其是我孩子被杀和一个吸毒的黑人妓女——会让我说出来。我在凌晨两点来到这里，把你叫醒，让你聆听，在我安全了或者至少是安静了八年之后？你知道的：我必须告诉你多少，让它恰到好处，当然会痛苦，但也会很快，这样你就可以撤销宣判或者减刑或者不管你做些什么，我们就可以都回家去睡觉或者至少上床？当然会痛苦，但仅仅痛苦到足够的程度——我想你刚才说了要"悦耳"，是吧？

州长 死亡是痛苦的。可耻的死亡，更是如此——它不是太悦耳，即使是最好的状态。

谭波儿 哦，死亡。我们现在不是在谈死亡。我们在谈羞耻。南希·麦妮戈没有羞耻；她有的只是死亡。但对我也是如此；我不是在凌晨两点带着谭波儿·德雷克远道而来，为了南希·麦妮戈去死的所有理由？

斯蒂文斯 那么就告诉他吧。

谭波儿 他还没有回答我的问题。

(对着州长) 尽力回答吧。我必须告诉你多少？不要只说"所有"。我已经听过了。

州长 我知道谭波儿·德雷克是谁：八年前的那个年轻的女大学生，一天上午乘学生专列离开学校，参加另外一个大学的棒球比赛，在路上的某处从火车上消失了，不见了，没人知道是在哪儿，直到她六周之后再次出现，作为杰弗生一次谋杀审判的目击证人，被那个人的律师带出来，据说那个人之前劫持了她并将她囚禁——

谭波儿 ——在孟菲斯的妓院：别忘了这个。

州长 ——为了让她证明他在谋杀发生时不在现场——

谭波儿 ——谭波儿·德雷克知道是他干的，正是出于这个原因——

斯蒂文斯 等一下。让我也参与进来。一个年轻男子唆使她下了火车，他开着车在火车中途站等她，计划是开车带她去参加棒球比赛，但那个年轻男子当时喝醉了，醉得越来越厉害，撞毁了车，两个人困在非法酒商的房子，谋杀就发生在这里，那个杀人犯从这里绑架了她并把她带到孟菲斯，一直囚禁着她直到他需要他不在现场的证明。后来他——那个开车的年轻男子，她在被劫持时的陪同人和保护者——娶了她。他现在是她丈夫。他是我的侄子。

谭波儿 (对着斯蒂文斯，苦涩地) 你也是。也这么聪明。你为什么不能想尽力相信真相？至少我正在尽力说出来。至少现在正尽力说出来。

(对着州长) 我刚才说到哪儿了？

州长　(引用她的话) 谭波儿·德雷克知道是他干的，正是出于这个原

　　　因——

谭波儿　哦，是的。——正是出于这个原因，她看到他干了，或者

　　　至少是他的影子：所以被他的律师带到杰弗生的法庭，这样

　　　她就可以骂走那个被指控的男人的生命。哦，是的，那是其

　　　一。现在我已经告诉你一些事情，你和其他人都不知道的，

　　　只有那个孟菲斯的律师知道，我还没有开始说。你明白吗？

　　　我甚至不能和你讨价还价。你甚至还没有说是或者不是，是

　　　否能够救她，你是否想要救她，是否考虑救她；这一点，如

　　　果我们俩——谭波儿·德雷克或者戈文·斯蒂文斯夫人——

　　　还有理智的话，就会首先要求你这样做。

州长　你想要我先问吗？

谭波儿　我不能。我不敢。你可能会说不。

州长　那么你就不必告诉我关于谭波儿·德雷克的事。

谭波儿　我必须那样做。我必须全说出来，否则我就不会在这

　　　里。但除非我仍然可以相信你可能会说好，我不知道我怎么

　　　才能说出来。这对于某个人来说也是对的：也许是上帝——

　　　如果有上帝的话。你明白吗？那就是糟糕的地方。我们甚至

　　　不需要上帝。单纯的邪恶就足够了。甚至是过了八年之后，

　　　它仍然是足够的。就在八年以前，加文叔叔说——哦，是

　　　的，他当时也在那里；你刚才听到他说了吗？他本来可以打

　　　电话告诉你一切或者至少是大部分，你这个时候就可以在

　　　床上睡觉了——说哪怕只是看邪恶一眼，哪怕是偶然地，也

　　　会败坏；你不能和腐烂讲价、交易——你不能，你不敢——

（她停下来，紧张，一动不动）

州长　现在拿一根香烟。（对着斯蒂文斯）加文——（斯蒂文斯拿起烟盒，准备给

她香烟）

谭波儿　不用，谢谢。现在太晚了。因为又是老一套。如果我们

不能跳过栅栏，我们至少可以冲破它——

斯蒂文斯　（打断她）这就意味着至少我们中的一个人将体面地

越过。

（当谭波儿做出反应）哦，是的。我仍然在表演。我也将骑马越过

它。来吧。

（催促）谭波儿·德雷克——

谭波儿　——谭波儿·德雷克，这个愚蠢的处女；也就是说，一

个任何人都去查找记录证明她不是傻瓜，但根据任何人的

标准和计算都是个傻瓜的处女；十七岁，相对于处女或者甚

至十七岁可以作为借口或者原因，她就更是个傻瓜；实际

上，显示出她愚蠢的程度，哪怕是七岁或者三岁，更不用说

童贞状态了，都很难与之匹配——

斯蒂文斯　给这个畜生一个机会。至少骑着他越过栅栏，不要穿

过去。

谭波儿　你是说那个弗吉尼亚绅士。

（对着州长）那是我的丈夫。他去了弗吉尼亚大学，接受训练，

加文叔叔会说，在弗吉尼亚不仅训练喝酒而且也训练文

雅——

斯蒂文斯　——八年前的那一天，喝光了酒也用光了文雅，他带

着她下了火车，把汽车撞坏在非法酒商的房子。

谭波儿 但是至少恢复了其中的一个，因为至少他尽快地娶了我。(对着斯蒂文斯)你不介意我说他的美德，是吧?

斯蒂文斯 两者都恢复了。他从那天起也再没喝过一次酒。他的美德可能也将那一点铭记在心了。

州长 我愿意。我已经。

(他稍稍停顿了一下，正好让他们停下来并看着他)我几乎希望——

(他们都看着他; 这是第一次暗示，正在发生某件事，一股暗流: 州长和斯蒂文斯知道某些谭波儿所不知道的东西: 对着谭波儿)他没有和你一起来。

斯蒂文斯 (温和而快速地)后面不是还会有时间说那个吗，亨利?

谭波儿 (快速、挑衅、怀疑、强硬)谁没来?

州长 你丈夫。

谭波儿 (快速而强硬)怎么啦?

州长 你到这里来为杀害你孩子的凶手请命。你丈夫也是孩子的家长。

谭波儿 你错了。我们凌晨两点到这里不是为了挽救南希·麦妮戈。这甚至跟南希·麦妮戈都没有关系，因为在我们还没离开杰弗生之前，南希·麦妮戈的律师就告诉我你不会救南希·麦妮戈。我们凌晨两点到这里把你叫醒，只是要给谭波儿·德雷克一个公正诚实的好机会去受罪——你知道的: 只是为了痛苦而痛苦，就是受罪，就像是失去意识的人呼吸，其实没有任何目的，就是呼吸。或者也许那是错的，其实没人在乎受罪，没人因受罪而痛苦，就像他们对待真理或者公平或者谭波儿·德雷克的羞耻或者南希·麦妮戈的黑人生活——

她不说话了，很安静地坐着，笔直地坐在椅子上，她的脸微微上扬，不看他们俩中的任何一个，而他们俩都看着她。

州长　现在给她手帕。

斯蒂文斯从口袋里拿出一块干净的手帕，抖开并递给谭波儿。她没有动，双手仍然紧握在大腿上。斯蒂文斯站起来，走过去，把手帕放到她的大腿上，回到自己的椅子。

谭波儿　真的非常感谢。但现在已经没关系了；我们太接近尾声了；你差不多可以去发动汽车了，我讲完的时候引擎就预热好了。

（对着州长）你明白了吗？你现在要做的只是安静地听。或者甚至都不用听，如果你不想听的话：但就是要安静，就是等着。时间不会长，然后我们都去睡觉并关上灯。然后，夜晚：黑暗：也许甚至睡觉，当你可以用你那只关灯和拉被套的手，把谭波儿·德雷克和你对她做的任何什么事，如果你要做任何事的话，永远放在一边，还有南希·麦妮戈和你对她做的任何什么事，如果你要做任何事的话，如果你是否做任何事或者什么事也不做，会困扰到我们。因为加文叔叔只说对了一部分。不是你永远不许对邪恶和腐败袖手旁观；有时你身不由己，你不总是被警告。甚至都不是你必须一直抵御他。因为你早就已经开始这样做了。你必须已经准备好了去抵御他，拒绝他，早在你看见他之前；你肯定已经拒绝他了，早在你知道他是什么之前。我现在想抽烟，谢谢。

斯蒂文斯拿起烟盒，竖起来并把其中一根烟抽出来一点，然后递过去。她拿了一根烟，当斯蒂文斯把烟盒放到桌上，拿起打火机的时候，她已经开始说话。打火机是州长一边看着谭波儿，一边从桌面上推到斯蒂文斯可以拿到的地方去的。谭波儿没有点燃香烟，只是拿着烟说话。随后她把没点燃的香烟放下，又坐了下来，把打火机放在烟盒的旁边。

谭波儿 因为谭波儿·德雷克喜欢邪恶。她去参加舞会只是因为她必须乘火车去，这样她就可以在火车停下的第一站溜下车，然后坐小汽车行驶一百英里，和一个男人——

斯蒂文斯 ——这个男人喝起酒来控制不住。

谭波儿 （对着斯蒂文斯）好吧。我不是正在说这个吗？

（对着州长）一个乐观主义者。不是那个年轻人；他只是做了在他的知识和能力范围之内最好的。这次旅行不是他的主意：是谭波儿——

斯蒂文斯 但是他的车。或者是他母亲的。

谭波儿 （对着斯蒂文斯）好吧。好吧。

（对着州长）不，谭波儿是乐观主义者，也不是因为她之前预见、计划了，她只是拥有无限的信仰，相信她的父亲和兄弟们看到邪恶就会知道，因此她不得不做的一切就是，去做那件她知道他们如果有机会就会禁止她做的事。并且他们关于邪恶的想法是对的，因此当然她也是对的，尽管即使在当时也并不容易。她甚至不得不开了一会儿车，在我们开始意识到那个年轻人是错的，他太早就从弗吉尼亚的喝酒训练中毕业了——

斯蒂文斯 是戈文认识那个非法酒商并坚持要去那儿的。

谭波儿 ——即使是在当时——

斯蒂文斯　车子撞坏时是他在开。

谭波儿　(对着斯蒂文斯: 快速而强硬)并且他因为这个娶了我。他必须为此赔偿两次吗？实际上赔偿一次都不值得，对吧？

(对着州长)即使是在当时——

州长　它值多少？

谭波儿　什么值多少？

州长　他娶你。

谭波儿　你是说对他而言，当然了。比他付出的少。

州长　那也是他所认为的吗？

(他们相互看着，谭波儿很警觉，十分提防，但更明显的是不耐烦)你将要告诉我一些他所不知道的事情，否则你就带他一起来了。对吗？

谭波儿　是的。

州长　如果他在这儿，你会说吗？

(谭波儿盯着州长。斯蒂文斯趁她不注意时微微动了一下。州长轻轻做了一个手势阻止他，谭波儿也没有注意到。)既然你已经大老远来了，既然，正如你刚才说的，你必须要说，大声说出来，不是为了救南——那个女人，而是因为你在离开家之前已经决定，此行没有其他目的，只是要把它说出来。

谭波儿　你怎么知道我会不会？

州长　假设他在这里——坐在那张椅子上，加——你叔叔坐的地方——

谭波儿　——或者在门后面或者在你书桌的一个抽屉里，说不定呢？他不在。他在家。我给了他一片安眠药。

州长　但假设他在，既然你必须说出来。你仍然愿意说出来吗？

谭波儿 好吧。是的。现在能不能请你也闭嘴，让我说？如果你和加文不安静下来让我说的话，我怎么说？我甚至都不记得我当时在哪儿。——哦，想起来了。所以我看到了谋杀，或则至少看到了它的影子，那个男人带我去了孟菲斯，那我也知道，我有两条腿并且我能看见，我本来可以在我们所经过的任何一个小镇的大街上尖叫，就像我本来可以从车上走开，在戈文——我们开车撞到树上之后，拦一辆马车或者汽车，把我带到最近的小镇或者火车站或者甚至带回学校，或者回家，回到我父亲和兄弟们的手里。但那不是我，不是谭波儿。我选择了谋杀犯——

斯蒂文斯 （对着州长）他是个精神病患者，尽管审判时大家还不知道，当大家知道的时候，或者本来可以知道的时候，已经太晚了。我当时在那儿；我也看到了：一个小小黑黑的人，有个意大利名字，像一只整洁的、只有一点点变形的蟑螂：一个杂种，性无能。但是过一会儿，她也会告诉你。

谭波儿 （带着苦涩的讽刺）亲爱的加文叔叔。

（对着州长）哦，是的，也会告诉你，她的坏运气：选择了一个甚至没有性能力的东西，只会谋杀——

（她停下来，一动不动地坐着，身体挺直，双手紧握放在大腿上，眼睛闭着）你们俩能不能安静下来，能不能让我说。我似乎像是要把一只母鸡赶进水桶里。也许如果你们只想让她躲开水桶，别掉进去——

州长 别叫它水桶，叫它隧道。它是通的，因为另外一端也是敞开的。穿过它。没有——性。

谭波儿 不是从他那儿。他比父亲或者叔叔更糟糕。比当最放纵的信托或者保险公司的富有的被监护人更糟糕：被带到孟菲斯并被关在曼纽尔大街妓院，就像一个十岁的新娘在西班牙修道院，姑娘本人比任何修女更为目光锐利——黑人女仆守着门，当姑娘出去的时候，去任何她想去的地方，去妓院姑娘下午会去的任何地方，去交警察局的罚款或者保护费，或者去银行或者只是去看看，这并不困难，因为女仆会打开门并走进去，我们就可以——

（她忽然结巴了，停了不到一秒；然后快速地）是的，那就是为什么——要谈。囚徒是当然的，也许不是在一个镀金的笼子里，但至少囚徒是镀金的。我有大瓶的香水；当然是某个售货小姐挑选的，是错误的类型，但至少我是有香水的，他还给我买了一件裘皮大衣——当然也没地方去穿，因为他不让我出去，但我是有裘皮大衣的——还有时髦的内衣和睡袍，也是由售货小姐挑选的，但至少是最好的或者起码是最贵的——品位至少是黑道大佬花了大价钱的。因为他想让我满意，你知道的；并且不仅是满意，他甚至也不在意我是否快乐：他这样做只是为了如果或者万一警察最终把他和那桩密西西比的谋杀案联系在一起，我在那里；不仅不在乎我是否快乐，他自己甚至努力确保我是快乐的。所以我们最终面对这一切，因为现在我也必须告诉你这个，为了给你一个有效的原因我为什么要在凌晨两点把你叫醒，让你去救一个女杀人犯。

她不说话了，伸手从托盘中拿起没有点燃的香烟，随后意识到它还没点燃。斯蒂文斯从桌上拿起打火机，慢慢站起身。他仍然观察着谭波儿，州长向斯蒂文斯微微做了一个制止的手势。斯蒂文斯停下来，随后把打火机从桌面上推到谭波儿能拿到的地方，然后又坐下。谭波儿拿起打火机，点燃香烟，合上打火机并放回到桌上。但她只吸了一口就把烟放回托盘，又像之前那样坐着，又开始说话。

谭波儿　因为我还有两只胳膊、两条腿和两只眼睛；我任何时候都可以顺着排水管爬下来，唯一的不同之处在于我没有。我从来不会离开那个房间，除了在深夜，当他坐着一辆殡葬车那么大的封闭式轿车来，他和司机坐在前排，我和夫人坐在后排，以每小时四十、五十、六十英里的速度在红灯区的背街小巷里飞驰。那些背街小巷也是我所见到的一切。我没有被允许去会见或拜访甚至去看看我自己房子里的其他姑娘，甚至不许在她们下班之后跟她们一起坐坐，听听她们关于工作的谈话，她们数着薯条、气泡或者做着其他什么事，一起坐在宿舍的床上……

(她再次停下来，以一种惊讶和迷惑的状态接着说) 是的，就像是学校的宿舍那种味道，女人们的，年轻女人，满脑子不是在想男人们，而就是那个男人，只是更强壮一点，更平静一点，不是那么兴奋，——坐在暂时空闲的床上讨论她们行业的急切需求——那一定是正确的，不是吗？但不是我，不是谭波儿。在那个房间里二十四小时闭嘴，没事干只能穿着裘皮大衣和昂贵的裤子和睡袍搞时装表演，没人看表演，只有一面两只腿的镜子和一个黑人女仆；在原罪与享乐中间枯萎而安全，就像是在海洋潜水钟里被悬在二十英寻深处。因为他想让她满意，你知道的。他甚至自己做了最后的努力。但谭波儿不想只是满意。她必须去做我们这些妓女所说的坠入爱河。

州长 啊。

斯蒂文斯 对的。

谭波儿 （快速地：对着斯蒂文斯）闭嘴。

斯蒂文斯 （对着谭波儿）你自己闭嘴。

（对着州长）他——维特利——他们叫他泡泡眼——自己把那个男人带到那儿的。他——那个年轻男子——

谭波儿 加文！我告诉你，不要说了！

斯蒂文斯 （对着谭波儿）你沉溺在悲惨和节制的性高潮里，而你所需要的一切是真相。

（对着州长）——在他自己的圈子里被称为瑞德，阿拉巴马瑞德；不是对于警察，也不是正式的名字，因为他不是罪犯，或者说至少当时还不是，而只是一个暴徒，也许只是因为消化能力太强而受到诅咒。他是个骑手——保安——在夜总会，接头地点，小镇的外围，是泡泡眼的地盘，也是泡泡眼的总部。他随后很快就死了，在谭波儿关押地后面的小巷子里，被一枪打死的，子弹来自和密西西比谋杀案同一把手枪，尽管泡泡眼也死了，在阿拉巴马被绞死了，因为一桩谋杀案，不是他干的，在手枪被找到和被发现是他的之前就被绞死了。

州长 我明白了。这个——泡泡眼——

斯蒂文斯 ——发现自己被他自己的一个仆人出卖了，为他荣耀的污点进行了王子式的复仇？你错了。你低估了这种过分风雅，这朵花，这件珠宝。维特利。他这个名字多妙啊。一个杂种，性无能。他第二年就被绞死了，真的。但甚至那也错了，他的逝去是贬低的，藐视的，甚至是一个男人能够借出多少尊严来换取必要的人类死亡。他本来应该以某种方式在一只巨大的、无心的靴子下被踩烂，像一只蜘蛛。他没有出卖她；你侵犯并激怒了他关于那场愚蠢而物质的责难的记忆。他是个纯粹主义者，一直不以此为职业；他甚至没有因为不道德的利润而杀人。甚至不是为了简单的淫欲。他是个美食家，沉迷于感官享受的人，在他的时代之前好几个世纪，也许好几个半球；在精神上和腺体上，他属于王子式的年代，对于他们来说，甚至阅读的能力都是庸俗的、底层的，他们在丝绸的氛围和香气中靠在丝绸上，拥有被阉割的奴隶，每天晚上每读完一次就命令一个奴隶去死，以至于没有一个人活着，甚至是一个被阉割的奴隶，本来应该分享、参与、记住，诗歌的再现。

州长 我不觉得我懂了。

斯蒂文斯 尽力。放开你愤怒和厌恶的极限——那种要去踩踏一只虫子的愤怒和厌恶。如果维特利不能在你心中引起那种感受，他的生命就真的是一片荒漠了。

谭波儿 或者就不用尽力了。就随它去吧。看在上帝的分儿上随它去吧。我遇上了那个男人，怎么遇上的不重要，我坠入了我所谓的爱情，那是什么或者我叫它什么也不重要，因为重要的是我写了那些信——

州长 我明白了。这是她丈夫不知道的部分。

谭波儿 （对着州长）那又有什么重要的呢？他知道还是不知道？另

一张脸或者两张，另一个名字或者两个，有什么重要的呢？既然他知道我在曼纽尔大街妓院过了六个星期。或者另外一个身体或者两个在床上？或者三个或者四个？我在尽力说出来，说出足够的内容。你看不出来吗？但你就不能请他让我单独待着，这样我才能说出来。看在上帝的分儿上，请他让我单独待着。

州长 （对着斯蒂文斯: 观察着谭波儿）不要再说了，加文。

（对着谭波儿）所以你坠入爱河了。

谭波儿 谢谢你。我的意思是，那种"爱"。只是我甚至没有坠入，我已经在那里了，败坏的，迷失的。她本来任何时候都可以顺着排水管或者避雷针爬下来逃走，或者甚至比这个还要简单：用一堆毛巾和一个开瓶器和十块钱零钱把她自己伪装成那个黑人女仆，直接从前门走出去。所以我写了那些信。我一次写一封……后来，在他们——他离开之后，有时我写两封或者三封，当中间隔两天或者三天，当他们——他不——

州长 什么？是什么？

谭波儿 ——你知道的：有事情去做，在做，消磨时间，而不仅仅是两脚镜子前的时装秀，没有人被打扰，甚至是被……裤子，或者甚至没有裤子。很好的信——

州长 等一下。你刚才说什么？

谭波儿 我说它们是很好的信，甚至对于——

州长 你刚才说，在他们离开之后。

（他们相互看着。谭波儿没有回答: 对着斯蒂文斯，但仍然观察着谭波儿）我是被告知，这个……维特利也在那个房间里吗？

斯蒂文斯　是的。那就是他为什么把他带去。你现在可以明白我说鉴赏家和美食家的意思了。

州长　还有你说靴子的意思。但他死了。你知道的。

斯蒂文斯　哦，是的。他死了。我也说了"纯粹主义者"。最终：第二年夏天在阿拉巴马被绞死了，因为一桩根本不是他干的谋杀案，跟这事有关的人并不是真的认为是他干的，只是连他的律师也没法说服他承认，如果他想干也不可能干，或者如果他有了这个想法也不会去干。哦，是的，他也死了；我们来这儿不是为了报仇的。

州长　（对着谭波儿）是的。请继续。那些信。

谭波儿　那些信。它们是很好的信。我的意思是——很好的。

（一直盯着州长）我正在尽力说出的是，它们是那种信，如果你给一个男人写过这样的信，即使是在八年之前，你也不会——会——但愿你的丈夫不要看到，不管他如何看待你的——过去。

（她在进行痛苦的忏悔时仍然盯着州长）超出你对一个十七岁大的业余选手的预期。我的意思是，你会好奇，一个只有十七岁并且还没有念完大学一年级的人，怎么能学会那些——合适的词语。尽管你所需要的一切或许是一本远在莎士比亚时代的老字典，当时，就像他们所说，人们还没有学会如何因为词语而脸红。那是对于除了谭波儿·德雷克之外的任何人而言，谭波儿不需要字典，她学东西很快，只上一次课就足够了，更别说上了三次或者四次或者十几次或者二十几次或者三十几次。

(盯着州长) 不，甚至一次课都不需要，因为邪恶已经在那儿等着了，她甚至还没听说，你必须已经正在抵御败坏，不仅要在你看到它之前，而且也要在你知道它是什么，你在抵御什么之前。所以我写了那些信，我不知道多少，足够多，比足够还要多因为仅仅一次就足够了。讲完了。

州长 完了？

谭波儿 是的。你肯定听说过勒索。那些信当然再次出现了。当然，作为谭波儿·德雷克，谭波儿·德雷克所想到的买回他们的第一种方法，是为另外一套制造材料。

斯蒂文斯 （对着谭波儿）是的，讲完了。但你必须告诉他为什么完了。

谭波儿 我想我完了。我写了一些信，你会觉得哪怕是谭波儿·德雷克也可能会耻于将它们写在纸上，后来我写信给他的那个男人死了，我嫁给另一个男人并且改邪归正，或者我觉得是这样，还生了两个孩子，并雇了另一个改邪归正的妓女，这样我就有人说话了，我甚至认为我已经忘了那些信，直到它们再次出现，我发现我不仅没有忘记那些信，我甚至没有改邪归正——

斯蒂文斯 好吧。那你想要我说出来吗？

谭波儿 你曾是那个宣扬节制的人。

斯蒂文斯 我是在反对极度的亢奋。

谭波儿 （痛苦地）哦，我知道的。就是遭受痛苦。不为任何事情：就是遭受痛苦。就是因为这对你有好处，像是泻药或者催吐剂。

（对着州长）好吧。什么？

州长 那个年轻人死了——

谭波儿 哦，是的。——死了，被从车里发出的子弹打中，当时他正在溜进屋后的巷子，准备爬上那根下水管道，我本来任何时候都可以顺着这根管道爬下来逃走，来看我——那一次，那第一次，那唯一一次，当我们觉得我们已经逃脱了，愚弄了他，可以单独在一起，只有我们俩，在所有……其他人之后。——如果爱可以是，意味着任何事，除了新鲜感、学习、平静、隐私、不羞耻，甚至没有意识到你是裸体，因为你正在利用裸体因为那是爱的一部分；然后他就死了，被杀了，就在想到我的时候被射中了，当时再过一分钟可能他就在房间里跟我一起了，当时他除了身体之外的一切都已经在房间里跟我一起了，门最终被锁上了仅仅为了我们两个人，然后就结束了，仿佛从来都没有过，从来没有发生，必须是仿佛从来没有发生，只是那其实更糟——

（快速地）然后就是杰弗生的法庭，我不在乎，不再在乎任何事，我父亲和兄弟们等在那儿，然后在欧洲一年，巴黎，我还是不在乎，然后又过了一阵，感觉的确轻松了一些。你知道的。人们很幸运。他们很好。一开始你觉得你只能忍受这么多，然后你就自由了。然后你发现你可以忍受一切，你真的可以，然后甚至都没了。因为突然它就像是从来没有过，从来没有发生。你知道的：有人——是海明威，是吧？——写过一本书，关于它其实永远不会发生在一个姑娘——女人身上，如果她拒绝接受的话，不管是谁记得，谁吹嘘。另外，能够——记得的那两个人都死了。然后那年冬天戈文来到巴黎，我们结婚了——在大使馆，后来在克里伦办了仪式，如果那都不能洗白一件美国往事，你还希望天堂这一侧能有什么可以去除污点呢？更不用说一辆新汽车和一次蜜月，在一个租来的藏身之处，那是一个默罕默德王子在费拉角为他的情人建造的。只是——

（她停下来，结巴了一下，然后接着说）——我们——我觉得我们——我其实不想抹去污点——

（现在快速地，紧张，坐直，双手再次握拳放在大腿上）你知道的，只要结婚就足够了，不是大使馆、克里伦和费拉角，而是只要跪下，我们两个人，说"我们犯了罪，宽恕我们"。然后也许这一次就有了爱——宁静、安静、不羞耻于我……没有——想念那另外的一次——

（再次结巴，然后再次快速地，油滑而简练）爱，但也不仅仅是爱：不是仅仅依靠爱来让两个人在一起，让他们比单独一个人更好，而是悲剧、苦难，已经遭受并引起悲伤；拥有某些不得不忍受的东西，甚至当，因为，你知道你们俩都永远无法忘记。然后我开始相信比这更多的东西，相信有一些比悲剧更好、更强的东西来让两个人在一起：宽恕。只是，那似乎错了。只是也许不是宽恕错了，而是感恩；也许唯一比不得不总是感恩更糟的东西，是不得不接受它——

斯蒂文斯 这恰恰是落后的。出错的不是——

州长 加文。

斯蒂文斯　你自己闭嘴吧，亨利。出错的不是谭波儿的好名声。甚至不是他丈夫的良知。是他的虚荣：那个在弗吉尼亚接受训练的贵族被他还没修炼到家的风度所困扰，就像是假的好莱坞浴室里的客人。因此宽恕对他来说是不够的，或者也许他没读过海明威的书。因为大约一年之后，他接受感恩的责任之下的倔强开始变成了怀疑他们孩子的父亲是谁。

谭波儿　哦上帝啊。哦上帝啊。

州长　加文。（斯蒂文斯停下来）我让你别说了。那是命令。

（对着谭波儿）是的。告诉我。

谭波儿　我在尽力。我想我们主要的障碍是那个失去孩子的原告。显然尽管那是被告的律师。我的意思是，我在尽力告诉你一个谭波儿·德雷克，我们的加文叔叔正在向你展示另一个。因此你已经有了两个不同的人在乞求同一个宽恕；如果涉及的每一个人都不断地分裂成两个人，你甚至都不知道该去宽恕谁，是吧？既然我提到了，那就这样吧，已经回到了南希·麦妮戈，肯定不应该耽搁太久。让我们看一看，我们也已经回到杰弗生，是吧？不管怎样，我们现在是在这里。我的意思是，回到了杰弗生，回到了家。你知道的：面对它，耻辱、羞耻，挫败它，完全地永远地，再也不会纠缠我们；在一起，共同作恶因为我们爱着彼此并且已经遗忘一切，在我们的爱和共同宽恕中坚强。除了拥有其他的一切之外：戈文·斯蒂文斯们，年轻，受欢迎，合适街道上的一座新房子以开始周六夜晚的宿醉，一个乡村俱乐部和一群聚集在乡村俱乐部的年轻人来让周六夜晚的宿醉不辜负周六夜晚乡村俱乐部宿醉的名称，在合适教堂里的一张长椅来从宿醉中恢复，当然是如果他们还没有宿醉到没法到达教堂。随后儿子和继承人来了；现在我们有南希、护士、向导、导师，催化剂，黏合剂，不论你管她叫什么，把这一切弄到一起——不只是一个磁力中心，让显而易见的继承人和其他依次来而来的小王子或者公主们，围绕四周，而且也是为了两个更大块的质量或物质或泥土或其他任何东西，塑造成上帝的样子，至少在秩序、责任和宁静上相像；根本不是晃摇篮的黑人老保姆，因为戈文·斯蒂文斯们年轻又现代，那么年轻又现代以至于所有其他年轻的乡村俱乐部成员都鼓掌支持他们从贫民窟找了一个以前吸毒的黑人妓女来照看他们的孩子，因为年轻的乡村俱乐部成员们不知道不是戈文·斯蒂文斯们而是谭波儿·德雷克选了那个以前吸毒的黑人妓女，因为一个以前吸毒的黑人妓女是杰弗生唯一一个说谭波儿·德雷克语言的动物——

(迅速从托盘里拿起点燃的香烟，吐出烟圈，透过烟圈说话) 哦，是的，我也会说这个的。一个女性知己。你知道的：一流的球手，受人尊重的偶像，被崇拜的；崇拜者，侍祭，那个从来没有也永远不会从沙坑里、从次级职业棒球联盟里出来，不管她多么愿意或者多么努力。你知道的：长长的下午，按下最后一个电钮完成做饭或者洗衣或者打扫并且宝宝安稳地睡着了一会儿之后，两个有罪的姐妹在安静的厨房里喝着可口可乐交换职业或者爱好的秘密。有个人说话，因为我们似乎都需要、想要、不得不要，不用和你对话甚至不用同意你的意见，而只是安静地在听。这是人们真正想要、真正需要的一切；我的意思是，规规矩矩的，不要管彼此的闲事；他们告诉我们的那些滋生纵火犯、强奸犯、谋杀犯、窃贼和其他反社会敌人的失调，不是真正的失调而仅仅是因为胎儿期的谋杀犯和窃贼没有任何人去倾听他们：这个想法天主教堂两千年前就发现了只是它没有传承得足够久远或者也许是它太忙于成为教堂而没有时间操心人类，或者也许根本不是教堂的错而仅仅因为它不得不对付人类，也许如果世界由一种生物占领，其中一半是哑巴，除了听什么都做不了，甚至无法逃避不得不去倾听另外一半，甚至都不会有任何战争了。这就是谭波儿所拥有的：每周付钱给某个人只是为了倾听，你会觉得这已经足够了；然后另一个宝宝来了，那个婴儿，那个注定的祭品（但当然我们那时还不知道）并且你会觉得这肯定是足够了，认为现在甚至是谭波儿都认为她自己安全了，可以被依靠，有两个——水手们叫它们什么来着？哦，对了，备用大锚——现在。只是它不够。因为海明威是对的。我的意思是，那个他书里的姑娘——女人。你不得不做的一切就是，拒绝接受。只是，你不得不……拒绝——

斯蒂文斯　现在，那些信——

州长　（看着谭波儿）安静一点，加文。

斯蒂文斯　不，我现在要说一阵子了。我们甚至会继续用那个体育隐喻，把它叫作接力赛，队里年老的成员拿着那个……接力棒、细树枝、开关、树苗、树——不管你想要管那个象征性的木头叫什么，攀爬那座象征性小山的剩余部分。

(灯光闪动，略微变暗，然后又亮回来，仿佛是一个信号，一个警告）那些信。敲诈勒索。敲诈者是瑞德的弟弟——当然是一个罪犯，但至少是一个男人——

谭波儿 不！不！

斯蒂文斯 （对着谭波儿）你也安静一点。它只是上了一座小山，没有越过悬崖。还有，它只是一根棍子。那些信不是最开始的部分。最开始是感激。现在我们甚至谈到了那个丈夫，我的侄子。当我说"过去"，我的意思是丈夫目前所知道的那部分，在他的估计中显然足够了。因为不久之后她就发现、意识到，她将要花费她剩下的日子（还有夜晚）的一大部分因此而被宽恕；不仅时常被提醒——嗯，也许不是专门被提醒，而是被弄得——一直——意识到它，为了因此而被宽恕这样她也许会感激宽恕者，而且不得不越来越多地运用她所拥有的乖巧——和她可能不知道她所拥有的耐心，因为知道现在她还从来没有机会需要耐心——让感激——在这方面她所拥有的经验可能和耐心方面的经验一样少——可以被接受，去满足、匹配宽恕者的高标准。但她不是太担心。她的丈夫——我的侄子——已经做了可能是他所认为的最大牺牲来在她的过去中赎回他的部分；她不怀疑她有能力继续提供上瘾者所需的任何程度的感激和胃口——或能力，作为牺牲的回报，她也这么认为，她因为同样的原因接受感激。另外，她仍然有腿和眼睛；她可以从那里离开，逃跑，在她希望的任何时候，即使她的过去可能向她展示了她可能不会使用这种从威胁和危险中移动、逃脱的能力。这你接受吗?

州长　好吧。继续。

斯蒂文斯　然后她发现了那个孩子——第一个——怀上了。最开始知道的那一刻,她肯定是感觉一阵狂乱。现在她没法逃脱了,她已经等得太久了。但情况比这更糟。似乎她第一次意识到你——每个人——必须,或者至少可能是不得不,为你的过去付出代价;过去像是某种带有欺骗条款的期票,只要没有出问题,它就可以有序地获得解放,但命运或运气或机遇,可能在没有警告的情况下取消这张期票。也就是说,她之前一直就知道,接受,这个,并且不予理睬因为她知道她可以对付,并不脆弱,通过简单的整合,自己的女人特质。但是现在会有一个孩子,柔弱无助。但你永远不会真的放弃希望,你知道的,甚至在你最终意识到人们不仅可以忍受一切,而且可能将不得不去忍受之后也不放弃,所以可能甚至在狂乱还没有时间消退之前,她就找到了一个希望:那就是孩子自身的柔弱和无助:上帝——如果有一个上帝的话——会保护这个孩子——不是她:她没有乞求慈悲也不想要;她能对付,或者对付或者忍受,但那个从她的过去的即期汇票中来的孩子——因为孩子是无辜的,尽管她很了解,她所有的观察已经向她展示,上帝既不会也不能——至少之前没有——拯救无辜,仅仅因为它是无辜的;当他说"受苦的孩子们到我这儿来",他的意思正是这个:他的意思是受苦;成人们,父亲们,有罪的和会犯罪的老人们,必须准备好并愿意——不,盼望——在任何时候受苦,小孩子们要到他那儿去，不受痛苦、不被吓坏、不被玷污。你接受吗？

州长 继续。

斯蒂文斯 至少她拥有了轻松。不是希望，是轻松。当然也是不确定的，一个平衡木，但她也可以走钢丝。似乎她没有从上帝那儿讨到便宜，而是达成了停战协议——如果有一个上帝的话。她没有企图欺骗；她没有企图通过插入一个孩子无辜的空白支票来逃避她过去的期票——它现在出生了，一个小男孩，一个儿子，他丈夫的儿子和继承人。她没有企图阻止那个孩子，她只是从来没有在这方面想过怀孕，因为要用怀孕的客观事实来向她显示那张带有她过去签名的期票的存在。因为上帝——如果有一个上帝的话——肯定知道这一点，那她也没有再去讲价，不去再次要求上帝因为他——如果有一个上帝的话——至少会按章办事，至少会是一个绅士。你接受吗？

州长 继续。

斯蒂文斯 所以你可以对第二个孩子进行选择。也许她当时在它们三者中间忙得焦头烂额没法做到足够小心，在它们三者之间，毁灭、命运、过去；和上帝讨价还价；宽恕和感激。就像是玩杂耍的人说的，不是用三个无生命的可替换的印第安棒或球，而是三个装满炸药的玻璃灯泡，即使是拿一个，手都不够用：一只手提供救赎，另一只手接受宽恕，需要第三只手提供感激，还需要第四只手，随着时间的流逝越来越必不可少，用来喷洒剂量稳步持续一点一点增加的糖和调料给感激，让吞下它的人一直觉得可口——也许是那样：她只是没有时间做到足够小心，或者也许是绝望，或者也许是当她丈夫第一次否认或暗示或以某种方式怀疑——不管是哪种——他儿子的父亲身份。不论如何，她又怀孕了；她背弃了诺言，毁掉了护身符，她可能在那些信之前的十五个月就知道完了，当那个男人带着那些过去的信出现时，她可能都不觉得惊讶：她只是在十五个月中一直在想着毁灭会以何种形式出现。也请接受这一点——

　　灯光闪动，变得更暗了，然后在那个亮度稳定下来。

斯蒂文斯　　也感到解脱。因为终于结束了；屋顶塌下，雪崩呼啸；甚至连无助和无能现在都结束了，因为现在甚至连骨头和肉的年老脆弱都不再是一个因素了；——谁知道呢？因为那种脆弱，一种骄傲、胜利，你已经在等着毁灭。你在忍受，它是不可避免的，无法逃避的，你没有希望。然而，你没有只是畏缩，将你的头、视野埋在双臂之间；你不是一直在看那次镇静的逮捕，的确如此，但那不是因为你害怕它而是因为你忙于将一只脚放在另外一只脚的前面，没有一刻真正疲惫、迟疑，即使你知道它是徒劳的；——就在那脆弱中获胜，它现在不再需要涉及你了，因为灾难可以对你所做的一切，最糟的，就是捣碎、抹去那种脆弱；你是胜者，你甚至让灾难局促不安，活过了灾难，迫使它先走；你甚至没有违抗它，甚至不是蔑视。没有其他的工具或手段除了那无价值的脆弱，你挡住灾难，就像是用一只手你就可以支撑一张床那无重量的丝质床幔，支撑了六年，而它，带着它的重量和力量，没有可能延长你抹去脆弱的五秒或六秒；甚至在那五秒或六秒你仍然是胜者，因为它——灾难——可以剥夺你的一切，你自己已经在六年前一笔勾销，认为它，脆弱自身所固有并且因为脆弱本身，是无价值的。

州长　现在，那个男人。

斯蒂文斯　我之前认为你也会看到这一点。甚至连第一个都那么不同寻常。是的，他——

州长　第一个什么？

斯蒂文斯　(停下来，看着州长)第一个男人，瑞德。难道你对于女人一无所知吗？我从来没见过瑞德，也没见过这下一个，他的弟弟，但是他们三个，另外两个和她的丈夫，可能全都样子足够相像或者行为足够相似——可能只是给了她足够多的难以处理的不可能实现的要求，或者被她吸引到足以去接受、冒险，几乎是难以置信的情境——至少像是表兄弟。你这辈子都干什么去啦？

州长　好吧。那个男人。

斯蒂文斯　首先，他所考虑、计划的一切，就是对金钱的兴趣，意图——收集那些信，敲上一笔，拿着钱走人。当然，即使是到了最后，他真正想要的仍然是钱，不仅在他发现他将不得不带上她和那个孩子才能拿到钱之后，而且甚至在看起来他将得到的一切，至少是在短时间之内，只是一个私奔的妻子和六个月大的婴儿之后。实际上，南希的错误，她在那个致命的、悲剧的夜晚真正致命的行为，在于没有把钱和珠宝给他，其实她发现了谭波儿藏这些东西的地方，在于没有拿回那些信并永远除掉他，而是将钱和珠宝又藏了起来——这显然也是谭波儿自己想到的，因为她——谭波儿——跟他撒了一个谎，关于有多少钱，告诉他只有两百美元，实际上差不多有两千。因此你会说他的确是想要钱，只是数目多少，有多急切，能让他愿意为此付出代价。或者也许他在玩智慧——"聪明"，他会用这个词——超越他岁数和时代的智慧，其实没有那样计划，他真的发明了一种全新又安全的绑架方法：选一个能签她自己支票的成年受害者——怀里还抱着一个婴儿以增加说服力——不是逼迫而是实际上说服她在自己能力支配之下跟他走，然后——仍然是和平地——在你以后闲暇时把钱弄出来，用婴儿这个柔嫩的武器作为你杠杆的支点。或者也许我们俩都错了，都应该赞许——不管它是多么微小——在赞许——不管它是多么微小——应该被给予的时候，因为一开始她也只是考虑钱的，尽管他可能仍然想着当时只是为了钱，当她，在拿到了她自己所有的珠宝并找到了她丈夫放保险柜钥匙的地方（我想象着，甚至有一天晚上在她丈夫睡着之后打开了它并数了里面的钱或者至少确认了里面有钱或者至少是那把钥匙真的可以打开它），发现自己仍然想要使之合理化，她为什么没有付钱并拿回那些信并销毁它们，这样她就永远地除掉了那个达摩克利斯式的屋顶。这是她没有做的。因为海明威——他的姑娘——说得很对：你所不得不做的一切就是，拒绝接受它。只是，你要事先被真实地告知你必须拒绝什么；神灵们应该告诉你这个——至少是一个清晰的图景和一个清晰的选项。不要被愚弄，被……谁知道呢？也许甚至是温柔，勉强地，在那些下午或者他们在孟菲斯的时候……好吧：蜜月，甚至有一个目击者；在这种情况下当然任何好得多的东西都缺失了，实际上，谁知道呢？（我现在是瑞德）甚至是在这么多的财富面前的一点敬畏、难以置信的希望、难以置信的惊诧，甚至是一点颤抖，这么多的幸运从天而降，落到他的怀里；至少（现在是谭波儿）没有团伙：甚至强奸都变得温柔：只有一个，单独的一个人，仍然是可以拒绝的，让她至少（这一次）类似于被追求，类似于一个先说"行"的机会，让她甚至相信她可以说"行"或者"不行"。我猜想他（那个新的，那个敲诈勒索的人）甚至看上去像他的兄弟——一个年轻一点的瑞德，在她认识他之前几年的瑞德，并且——如果你允许的话——不是那么劣迹斑斑，这样在某种方式上似乎对她来说甚至她终于可以褪去那六年毫无用处的挣扎、悔改、恐惧的污渍。如果这是你想说的话，那么你也说对了：一个男人，至少是一个男人，在六年的宽恕之后——那种宽恕既败坏了被宽恕者也败坏了被宽恕者的感激，——当然是一个坏男人，一个蓄意的罪犯，不论他此刻的机会可能是多么的渺茫；会去勒索，恶毒的，不仅有足够的能力，而且命中注定，只会把邪恶、灾难和毁灭带给傻到进入他的圈套的人，将她的命运和他铸在一起。但是——通过比较，那六年的比较——至少是一个男人——一个如此单一、如此残酷而无情，没有丝毫的道德感，不道德的程度简直可谓诚实和纯洁，他不仅永远不需要或想要宽恕任何人任何事，他甚至不会意识到有人指望他去宽恕任何人任何事；他甚至不会愿意费劲去宽恕她，即使他偶然想到他有机会这样做，而是只会揍青她的双眼，揍掉她的几颗牙齿，把她扔进臭水沟：这样她就可以永远安心地知晓，直到她发现自己在臭水沟中眼睛乌青、牙齿脱落，他甚至永远不会知道他有任何事情要去宽恕她。

　　这一次，灯光没有闪动。灯光开始逐渐变暗，随着斯蒂文斯的讲述，一步步接近于直至陷入完全的黑暗。

斯蒂文斯　　南希是她的知己，一开始的时候，那时她——南希——仍然相信可能唯一的问题，因素，是如何筹到勒索者所要求的钱，而不让老板、主人、丈夫发现；找到，发现——这里还是南希——意识到可能她之前并不真是知己，在好一段时间里，在很长一段时间里，直到她发现，她实际上是密探：窥视她的雇主。一直没有意识到这一点直到她发现，尽管谭波儿已经从她丈夫的保险柜里拿到了钱和珠宝，她——谭波儿——仍然没有将它们付给勒索者并拿回那些信，发现用以支付的钱和珠宝还不到谭波儿计划的一半。

　　灯光完全熄灭了。舞台处于完全的黑暗之中。斯蒂文斯的声音在继续。

斯蒂文斯　　那就是当南希又发现了谭波儿藏钱和珠宝的地方，并且——南希——又背着谭波儿把它们拿走并把它们藏了起来；就是戈文出发去阿兰萨斯帕斯钓鱼的那天晚上，带着那个大一点的孩子，那个男孩，让他到新奥尔良的祖父母家待一周，戈文从德克萨斯回家的时候再来接他。

（对着谭波儿：在黑暗中）现在。告诉他。

　　舞台处于完全的黑暗之中。

第二场

内景，谭波儿私人的起居室——或者更衣室。晚上九点三十。回溯到9月13日。

灯光亮起，从右下方，就像在第一幕中从法庭转到斯蒂文斯家的起居室，但现在不是起居室，而是谭波儿的私人空间。左边的一扇门，通向房屋的主体。右边的一扇门，通向婴儿房，孩子在摇篮里睡着了。后边，落地窗对着阳台打开。左边，壁橱的一扇门敞开着。衣物散落在地板上，显示出壁橱已经被搜查过了，不是那么匆忙地，而是野蛮地、无情地、彻底地。右边，是一个燃气壁炉。后墙边书桌的抽屉也被打开了，显示出相同的野蛮、无情搜查的痕迹。

当灯光亮起时，皮特正站在打开的壁橱门旁边，手里拿着壁橱里的最后一件衣服，一件女士睡袍。他大约二十五岁。他看上去不像罪犯。也就是说，他不是那种标准的可以被认出的罪犯或者歹徒类型，非常不典型。他看上去几乎像是大家印象中的大学生，或者成功的汽车或电器青年推销员。他的衣服很普通，既不华丽也不鲜艳，就是每个人日常穿的那种。但是他身上有一种明显的"未驯服"气息。他相貌英俊，对女人有吸引力，根本不是让人捉摸不定，因为你——或者他们——确切地知道他要做什么，你只是希望他这次不要这样做。他有一种残酷、无情的气质，不是不道德而是没有道德观念。

他穿着轻质的夏季套装，帽子推向脑后，在他如此忙碌的时候，看上去就像硬汉电影中的年轻城市侦探。他在搜着那件轻薄的睡袍，动作迅速，一点也不轻柔，把它扔到地上并转过身，发现双脚被地上其他的衣物缠住了，并没有停下，把衣物踢开，走到桌旁，低头看着桌上的那堆杂物，他已经充分而野蛮地搜过一遍了，带着一种不加掩饰的、不屑一顾的厌恶。

谭波儿从左侧进来。她穿着旅行用的黑色套装，外面披着一件轻质外套，没有戴帽子，拿着我们之前看过的裘皮大衣，这只胳膊上还搭着孩子的抱被或者毯子，另一只手上拿着一个装满牛奶的奶瓶。她停下来扫视了一遍凌乱的房间。接着她走到桌旁。皮特转过头，只是转头，身体并没有动。

皮特　解决了？

谭波儿　没有。她住处的人说，从她今天上午来上班之后就没见过她。

皮特　我也可以告诉你这些。(他看了看手表) 我们还有时间。她住在哪儿？

谭波儿　(站在桌旁) 然后怎么办？拿点着的香烟烫她的脚底？

皮特　那可是五十美元，就算是你动不动就是几百美元。还有那些珠宝。那你打算怎么办？叫警察吗？

谭波儿　不是。你不必逃跑。我会放你出去。

皮特　出去？

谭波儿　没有面团，就不用抢。你们是不是这么说的？

皮特 也许我没明白你的意思。

谭波儿 你现在可以停下来。收拾一下。离开。从楼下出去。挽救你自己。然后你所要做的一切就是，等到我丈夫回来，再来一次。

皮特 也许我还是没明白你的意思。

谭波儿 你还有那些信，不是吗？

皮特 哦，那些信。

　　他把手伸进外套里，拿出那包信，扔到桌上。

给你。

谭波儿 我两天前就告诉你了，我不想要它们。

皮特 确实如此。那是两天前。

　　他们互相看了一会儿。然后谭波儿把胳膊上的裘皮大衣和抱被一下子放到桌上，小心地把奶瓶放在桌上，拿起那包信并把另一只手伸向皮特。

谭波儿 把你的打火机给我。

　　皮特把打火机从口袋里掏出来递给她。也就是说，他将手伸过去，身体没有动，这样她就不得不向前走一两步才能拿到。然后她转身走向壁炉去点火。点了两三次之后才点着。皮特没有动，看着她。她一动不动地站了一会儿，一只手拿着那包信，另一只手拿着点着的打火机。她回头看着他。他们俩互相看了一会儿。

皮特 来吧。烧了它们。上次我把它们给你的时候，你没要，所以你随时可以改变主意，收回当时的话。烧了它们吧。

　　他们又互相看了一会儿。然后她转过头，站着，脸避开他，打火机仍然在燃烧。皮特又看了他一会儿。

皮特　那就放下那堆垃圾，到这儿来。

　　　她熄灭了打火机，转过身，走到桌边，把那包信和打火机放在桌上，又继续走到皮特一直站着的地方。就在这时，南希出现在左边的门口。他们俩都没有看见她。皮特抱住谭波儿。

皮特　我也会放你出去。（他把她拉得更近一些）宝贝。

谭波儿　不要那样叫我。

皮特　（抱紧她，爱抚同时也很粗暴）瑞德这样叫你的。我是跟他一样好的男人。是吧？

　　　他们接吻。南希悄悄地进门，进屋之后停住，看着他们。她现在穿着百货商店女工的统一制服，但没有帽子和围裙，外面套着一件轻质的敞口上衣；头上是一顶磨损到几乎变形的毡帽，以前肯定是某个男人的。皮特停止接吻。

皮特　来吧。我们离开这儿。我甚至都有点道德之类的东西了。我不想在他的房子里把我的手放在你身上——

　　　他看到了谭波儿身后的南希，提醒谭波儿。谭波儿随即转身，也看到了南希。南希走过来。

谭波儿　（对着南希）你在这儿干什么？

南希　我带来了我的脚。他就可以拿那支香烟烫它了。

谭波儿　你不只是个小偷，你也是个间谍。

皮特　也许她也不是小偷。也许她把东西带回来了。（他们看着南希，南希没有回答）或者也许她没有带回来。也许我们最好用那支香烟。

（对着南希）怎么样？你就是为那个回来的，是不是啊？

谭波儿 (对着皮特)别说了。拿上那些包, 去车里。

皮特 (对谭波儿说, 但看着南希)我等你。这里也许有一点小事我可以做。

谭波儿 我告诉你, 走吧! 看在上帝的分儿上, 离开这儿。走啊。

　　　　皮特又看了南希一会儿, 她面对着他们站着, 但眼神空洞, 一动不动, 几乎是茫然的, 神色悲哀、忧虑、神秘莫测。皮特转身, 走到桌边, 拿起打火机, 似乎准备接着走, 再次停下来, 带着几乎是小到极限的犹豫, 拿起那包信, 将其放回到上衣里, 拿起两个包, 走到落地窗边, 从南希身边走过, 南希仍然目光空洞。

皮特 (对着南希)不是我不想, 你知道的。为了不到五十美元。为了友谊地久天长。

　　　　他把包移到一只手上, 打开落地窗, 开始出去, 在中途停下, 回头看着谭波儿。

我会听着, 万一你在香烟这事上改变主意。

　　　　他出去了, 把门在身后带上。就在门关上之前, 南希说话了。

南希 等等。

　　　　皮特停下来, 开始再次开门。

谭波儿 (迅速地: 对着皮特)走啊! 走啊! 看在上帝的分儿上, 走啊!

　　　　皮特出去了, 关上了身后的门。南希和谭波儿面对着面。

南希 也许是我错了, 我以为只要把那些钱和珠宝藏起来就能拦住你。也许我应该昨天一找到你藏东西的地方, 就把东西给他。那样就不会有人在这里和芝加哥或者德克萨斯之间看见他的一点儿踪迹。

谭波儿　所以说你的确偷了那些东西。而且你看到了造成的后果，是吧？

南希　如果你可以把它叫作偷，那我也可以。因为首先那不是你的，只有一部分是你的。只有珠宝是你的。更别说钱差不多有两千美元，你告诉我只有两百，你告诉他还不到两百，只有五十。难怪他不担心——不为区区五十美元担心。如果他知道差不多有两千他都不会担心，更别说是你告诉我的两百了。他甚至都不担心你出门上车时有没有钱。他知道他必须去做的一切就是，等着，控制着你，也许只要使点力气，你就会再弄出一包钱和珠宝，还是从你丈夫或者爸爸那儿。只是，这次他会控制你而你会有点麻烦告诉他只是五十美元而不是差不多两千美元——

　　　　谭波儿迅速地上前扇了南希一个耳光。南希向后退。她后退的时候，那包钱和珠宝从她的上衣里掉到地板上。谭波儿停下来，低头看着钱和珠宝。南希回过神来。

南希　是的，在这儿，这些东西引起了所有的悲伤和毁灭。如果你没有一盒钻石和一个丈夫，在他睡着的时候你可以在他裤子口袋里找到两千美元，那个男的就不会想要把那些信卖给你。也许如果我没有把它们拿走并藏起来，你就会在这之前把它们给他。或者也许如果我昨天就把它们给他并拿到那些信，或者也许如果我把它们拿到他这儿会等你的那辆车里，说，嘿，伙计，拿走你的钱——

谭波儿　试试啊。把它们捡起来拿出去给他，看看会怎么样。如果你愿意等到我收拾好行李，你甚至可以拿上那个包。

南希　我知道。甚至都不是信的事了。也许从来就不是。它已经在某个人的手里，他可以写那种八年后仍然会造成悲伤和毁灭的信。那些信从来都不要紧。你可以在任何时候把它们拿回来；他甚至想要把它们给你两次——

谭波儿　你偷窥了多少？

南希　所有。——你甚至不需要钱和钻石去把它们拿回来。女人不需要那些。她所需要的一切就是女人味儿，能从男人那儿得到她想要的任何东西。你可以就在这个房子里那样做，甚至不需要把你丈夫骗出去钓鱼。

谭波儿　妓女道德的完美例子。但是，如果我可以说妓女，你也可以，是不是？也许区别在于，我拒绝在我丈夫的房子里做妓女。

南希　我不是在说你的丈夫。我甚至不是在说你。我在说两个孩子。

谭波儿　我也是。你觉得还有什么别的原因让我把巴奇送到他奶奶那儿吗？我只是想让他离开这个房子，他一直被教着叫爸爸的那个男人，随时有可能决定告诉他他没有爸爸。你是个聪明的间谍，你肯定已经听到我丈夫——

南希　(打断她)我已经听到他说了。我也听到你说了。你反击了——那一次。不是为你自己，而是为了那个小孩。但是现在你停止了。

谭波儿　停止了？

南希　是的。你放弃了。你也放弃了那个孩子。愿意冒着也许再也见不到他的风险。

（谭波儿没有回答）那是对的。你不需要给我找借口。只要告诉我你已经下定决心去告诉所有其他人要问你的事情。你愿意冒这个险。是吧？

（谭波儿没有回答）好吧。我们会说你已经回答了。那样就解决了巴奇。现在回答我这一个。你要把另外一个留给谁？

谭波儿 把她留给谁？一个六个月大的婴儿？

南希 是的。当然你不能离开她。不给任何人。你不能把一个六个月大的婴儿留给任何人，而你跟另一个男人从你丈夫这儿私奔，你也不能带着一个六个月大的婴儿一起走。那就是我在说的事。也许你会就把婴儿留在那个摇篮里；她会哭一会儿，但她太小了，哭的声音不会很大，也许会听到而来干涉，尤其是当这个房子被关闭了锁上了直到戈文先生下周回来，可能到了那个时候她就不出声了——

谭波儿 你真的想要我再打你吗？

南希 或者也许带着她会一样简单，至少直到你第一次写信给戈文先生或者你爸爸要钱而他们没有如同你的新男人要求的那样快地把钱寄给你，他就把你和婴儿都扔出去。然后你就把她丢进垃圾桶，不再给你或者任何人带来麻烦，因为然后你就把他们两个都除掉了——

（谭波儿抽搐了一下，随后立即控制住自己）打我吧。也给你点上一根烟。我告诉过你和他我带来了我的脚。在这儿。

（她轻轻抬起一只脚）我已经试过了所有其他的一切；我想我也可以试试那个。

谭波儿 （克制地，愤怒地）别说了。我最后一次提醒你。别说了。

南希 我已经不说了。

　　　　她没有动。她没有看着谭波儿。她的声音或者行为上有轻微的变化，但我们后来才意识到她不是在对着谭波儿讲话。我已经试过了。我已经试过了我所知道的一切。你可以看到的。

谭波儿 没人会反驳这一点。你用我的孩子来威胁我，甚至用我的丈夫——如果你可以把我的丈夫称为一种威胁的话。你甚至偷了我私奔的钱。哦是的，没人会反驳你已经试过了。但至少你把钱拿回来了。把它捡起来。

南希 你说过你不需要它了。

谭波儿 我不需要它了。把它捡起来。

南希 我也不再需要它了。

谭波儿 至少把它捡起来。你可以从中留下你下周的报酬，再把它还给戈文先生。

　　　　南希蹲下来，捡起钱，把珠宝收回到盒子里，然后把它们放在桌上。

谭波儿 （平静下来）南希。

（南希看着她）对不起。你为什么逼着我这样做——逼我打你吼你，你总是对我的孩子和我都特别好——对我丈夫也很好——对我们都很好——尽力让我们在一起保住这个家庭，而任何人都应该知道我们不可能在一起？哪怕是保持体面都不行，更不用说快乐了？

南希 我想我很无知。我还不知道。另外，我也根本不是在说家庭或者快乐——

谭波儿 （厉声命令）南希！

南希 ——我在说两个小孩子——

谭波儿 我说了，闭嘴。

南希 我不能闭嘴。我要再问你一遍。你要去做那件事吗？

谭波儿 是的！

南希 也许我是无知。你必须自己把它说出来，这样我就能听见。说吧，说我要去做那件事。

谭波儿 你听到我说的了。我要去做那件事。

南希 不管有没有钱。

谭波儿 不管有没有钱。

南希 不管有没有孩子。

（谭波儿没有回答）把一个孩子留给一个宁可相信孩子没有爸爸的男人，愿意把另一个孩子带给一个根本不想要孩子的男人——

（她们瞪着对方）如果你可以这样做，你就可以把它说出来。

谭波儿 是的！不管有没有孩子！现在给我滚。带着你的那份钱，滚出去。钱在这儿——

谭波儿快步走到桌边，从一堆钱里抽出两三张，递给南希，南希接过钱。谭波儿拿起剩下的钱，从桌上拿起她的包，打开。南希悄悄地走向婴儿室，经过桌子的时候拿起奶瓶，继续走。谭波儿一手拿着打开的包，一手拿着钱，她注意到了南希的举动。

谭波儿 你在干什么？

南希 (没有停留) 这瓶奶凉了。我要去浴室温一下。

　　　南希随后停下来，看着谭波儿，眼神中有一些非常奇怪的东西，谭波儿正要继续把钱放进包里，她也停下来，看着南希。当南希开口说话时，跟之前她所说的话几乎一样：我们直到后来才意识到这些话代表着什么。

南希 我把我知道的都试过了。你知道的。

谭波儿 (强硬、命令的口吻) 南希。

南希 (低声反驳) 我已经闭嘴了。

　　　她出门进入婴儿室。谭波儿把钱都放进包里，把包合上，放回到桌上。她又去弄婴儿包，快速地整理、检查里面的东西，拿起首饰盒，放进包里，把包合上。这大约花了两分钟的时间，她刚把包合上，南希就一声不响地从婴儿室出来，没拿奶瓶，走过来，在桌前停下，把谭波儿之前给她的钱放回去，立刻走向对面的门，她刚开始就是从这扇门进来的。

谭波儿 现在要干什么？

　　　南希继续朝那扇门走去。谭波儿看着她。

南希。

(南希停下来, 但没有回头) 不要把我想得太坏。

(南希等着, 一动不动, 眼神空洞。当谭波儿的话停下来时, 她又往门口走去。) 如果我——它来的话, 我会告诉所有人你尽了全力。你尽力了。但你是对的。甚至不是因为那些信。是因为我。

(南希继续走) 再见, 南希。

(南希走到门口) 你有钥匙。我会把你的钱放在桌上。你可以来拿——

(南希走出去) 南希!

没有回答。谭波儿又对着那扇门看了一会儿, 耸耸肩, 拿起南希留下的钱, 扫视一圈, 走到凌乱的写字台边, 拿起一个镇纸, 回到桌旁, 把钱压在镇纸下面; 这时动作迅速而坚定, 从桌上拿起毯子, 走向婴儿室的门, 走进去。过了一两秒, 她尖叫起来。灯光闪烁, 开始变暗, 越来越暗, 直至陷入完全的黑暗, 尖叫声继续。

舞台一片黑暗。

第三场

布景与第一场相同。州长办公室。凌晨三点零九分。3月
12日。

灯光从舞台左上方亮起。布景与之前的第一场相同，只
是戈文·斯蒂文斯这时坐在书桌后的椅子上，州长之前坐在
这里，他现在不在房间里了。谭波儿跪在书桌前，面对着书
桌，手臂放在书桌上，脸埋在手臂中。斯蒂文斯现在站在她旁
边，俯视着她。时钟的指针指向三点零九分。

谭波儿不知道州长已经离开而她的丈夫现在在房间里。

谭波儿 （脸仍然埋在手臂中）就是这样。警察来了，女杀手还黑灯瞎火
地坐在厨房里的椅子上，说着"是的，主人，是我干的"，之
后在监狱的牢房里还是这么说——

（斯蒂文斯靠向她，碰碰她的手臂，仿佛想要帮她站起来。她不肯站起来，但仍然没有抬头）

我不起来。我要一直待在这儿直到州长大人同意我们的诉
求，是吧？还是我已经永远失去了机会，即使州政府会从它
自己选举的公共选举权睡袍的口袋里掏出一块儿手帕给我？
因为看见了？

（她抬起脸，眼神空洞，一滴眼泪也没有，仍然没有看向那张椅子，没有看到椅子上坐着的是戈
文而不是州长，她的脸完全暴露在灯光之下）还是没有眼泪。

斯蒂文斯 起来，谭波儿。

（他再次开始拉她，但在拉她之前，她自己站起来，一直站着，她的脸仍然没有对着书桌，仍然

（眼神空洞；她抬起手臂，几乎就像是一个小女孩要哭的姿势，但并没有哭，而只是用手臂遮住眼前的光，让自己的瞳孔适应一下）

谭波儿 也不要香烟；这次当然不会花很长时间，因为你要说的就是，不。

（仍然没有把脸转过去看，哪怕她正对着他说话，她还是认为坐在书桌后面的是州长）因为你不会去救她，是吧？因为这一切不是为了她的灵魂，因为她的灵魂不需要，而是为了我的灵魂。

斯蒂文斯 （温柔地）为什么不先说完呢？说出其余的部分。你已经开始说到关于监狱的事了。

谭波儿 监狱。他们第二天举行葬礼——戈文刚到新奥尔良，所以他租了一架飞机那天早上回来——在杰弗生，去墓地的一切都会经过监狱，或者为这事去任何地方，都会正好经过楼上加了栏杆的窗户——审囚犯的房间和牢房，黑人囚犯——掷骰子赌钱的、兜售威士忌的、流浪的、杀人的男人还有女人——都能看得津津有味，也会津津有味地看葬礼。就像这样。某个你认识的白人进了监狱或者住了院，你立即会说，多可怕啊。可怕的不是罪恶或者疼痛，而是那些墙和那些锁，在你还不知道有多可怕之前，你就送书给他们读，送纸牌和游戏给他们玩。但黑人们不是这样。你甚至都没有想到纸牌、游戏和书。因此突然你就恐惧地发现，他们不仅摆脱了不得不阅读，还摆脱了不得不逃跑。你不论什么时候经过监狱，都能看见他们——不，不是他们，你根本看不见他们，你只看到窗户栏杆中的手，不是像白人的手那样敲击、不安，甚至都不是握着、抓着栏杆，而只是待在空隙中，不仅仅是闲着，甚至是悠闲，专门为犁耙、斧子、锄头的把手，为拖把、笤帚、白人摇篮的摇把定制，轻松而无痛苦，直到铁栏杆也毫无警觉和痛苦地适应了他们。你明白吗？根本没有因为劳作而变形、扭曲，甚至因为劳作而灵活、柔顺，光滑甚至柔软，仿佛只用了微不足道的一点点汗水，他们就已经得到了白人不得不花一大笔钱才得到的东西。不是对劳作免疫，与劳作妥协也不是合适的说法，而是与劳作形成同盟，所以从中解脱；停战、和平；——同样修长柔顺的手，宁静并对痛苦免疫，这样他们的主人所需要小心的，需要看到的——看向户外——葬礼、路过、人、自由、阳光、自由的空气——只是手，不是眼睛。只是手，放在铁栏杆之间，看着外面，天亮之前就能看见犁耙或者锄头或者斧子；即使在黑暗中，甚至不用开灯，就不仅能找到孩子，婴儿——不是她的孩子而是你的，白人孩子——也能找到麻烦或者不适——饿了，尿布湿了，别针松了——并且总能解决。你知道的。我要是能哭出来就好了。还有另外一个人，这次是个男人，在我来杰弗生之前，但加文叔叔也会记得的。他的妻子刚去世——他们才结婚两周——他把她埋葬了，一开始他只是试着晚上在乡村道路上走到筋疲力尽然后睡觉，但他没有成功，然后他试着灌醉自己好去睡觉，又没有成功，然后他在掷骰子赌钱时用刀片割了一个白人男子的喉咙，终于能睡一小会儿了；警察找到他的时候，他正在为他的妻子、他的婚姻、他的人生、他的老年租的房子走廊的木地板上睡着。这时他才醒过来，那天下午在监狱里，突然就需要狱警和一个警官还有五个黑人囚犯才把他放倒并控制住他，将他用铁链锁住；——他躺在地上，七个男人气喘吁吁地押着他，你知道他说了什么？"好像我就是不能停止思考。好像我就是不能停止思考。"

（她停下来，眨了眨眼，揉眼睛，然后将一只手空洞地伸向斯蒂文斯，他已经抖开了他的手帕并递给她。她脸上还是没有眼泪；她只是拿过手帕擦擦、拍拍眼睛，仿佛它是一个粉扑，又开口说话）但我们已经经过了监狱，是吧？我们现在在法院。那里也是一样；加文叔叔之前帮她排练过，当然，很简单，因为当他们让你回应一个谋杀指控时你只能说，无罪。要不然的话，他们甚至都没法弄一场审判；他们会匆忙跑出去找到另一个谋杀犯，之后才能采取下一步措施。因此他们问她，非常正确和正式，周围是法官、律师、法警、陪审团、天平、宝剑、国旗，从裘力斯·凯撒到波拿巴到利特尔顿到考克以及所有其他的亡灵，更别说那些眼睛和面孔，它们在观看一场免费的电影表演，因为已经在税款中支付了费用，没有人真正在听，因为她能说的只有一样东西。除非她不说出来，只是抬起头让自己能够被听见——声音不大：只是普通的声音——说，"有罪，先生"——像那样，扰乱、困惑、散播、拉回两千年，权力语料和证据规则的整个大厦，我们从凯撒时代开始就一直努力让它能够自己站稳，就像是不用看甚至不用知道你在做什么，你就能伸出手拨弄一根小木棍，把一窝蚂蚁可怕的、恐怖的混乱暴露在空气、光照、视野之中。然后再次移动小木棍，当蚂蚁们都觉得在她能触及的范围之内不会有另外一窝蚂蚁：当他们最终向她解释，说她无罪与真相无关，只与法律有关，这次她说对了，无罪，然后陪审团就可以说她在撒谎，一切就又都对了，并且就像每个人想的那样，甚至安全了，因为现在她不会再被要求说任何话了。只是，他们错了；陪审团说有罪，法官说绞刑，现在每个人都已经拿起帽子准备回家了，这时她又把那根小木棍拿了起来：法官说，"愿上帝怜悯你的灵魂"，南希回答："是的，先生。"

（她突然转身，几乎是轻快地，说话的时候如此轻快以至于当她看到并意识到坐在州长位子上的一直是戈文的那一刻都没能及时停下）这次就是这样。现在你可以告诉我们。我知道你不会去救她，但现在你可以这样说了。这不难。只需一个单词——

（她停下来，愣住了，一动不动，但即使在那个时候，她还是第一个回过神来的）哦，上帝。

（戈文迅速站起来。谭波儿一下子转向斯蒂文斯）你为什么非要一直相信植物呢？你非得这样吗？是不是因为你非得这样？因为你是一个律师？不，我错了。对不起；是我出主意让我们互相耍花招的，是吧？

（很快地：转向戈文）当然；你根本没有吃安眠药。这就意味着你甚至不需要来这儿让州长把你藏在门后面或者书桌下面或者其他任何地方，他会告诉我你藏在那儿听着，因为毕竟一个南方州的州长必须尽力表现出他后悔变得不那么绅士——

斯蒂文斯　（对着谭波儿）别说了。

戈文　也许我们俩都没有足够快地开始躲藏——在差不多八年以前——也不是在书桌抽屉里，而是在两个废弃的煤矿通风井里，一个在西伯利亚，另一个在南极，也许吧。

谭波儿 好吧。我刚才的意思不是躲藏。对不起。

戈文 不用对不起。就为那个收取你八年的利息吧。

（对着斯蒂文斯）好吧，好吧；让我也闭嘴。

（不对着任何人）实际上，这也许是我该开始为下一个八年说对不起的时候。给我一点时间。八年的感恩可能已成习惯，有点不容易打破了。现在开始。

对不起。算了吧。

谭波儿 我应该告诉你的。

戈文 你告诉了。算了吧。你看这有多容易？你本来可以在八年中一直这样做：每次我都说"请说对不起"，你需要回答的就是："我说了。算了吧。"

（对着斯蒂文斯）我猜这就行了，是吧？我们现在可以回家了。

（他开始从书桌边走过来）

谭波儿 等一下。

（戈文停下来；他们看着对方）你要去哪儿？

戈文 我说了回家，对吧？去接巴奇，把他再带回到他自己的床上去。

（他们互相看着）你不会要问我他现在在哪儿吧？

（他自己回答）我们放孩子的老地方，当离合器——

斯蒂文斯 （对着戈文）也许这次我要说闭嘴了。

戈文 但请先让我说完。我本来要说，"放在我们最铁的亲戚那儿"。

（对着谭波儿）我把他送到麦琪家了。

斯蒂文斯 （开始走动）我觉得我们现在可以回家了。走吧。

戈文 我也这么觉得。

（他从书桌边走过来，再次停下；对着谭波儿）你来决定吧。你想坐我的车，还是加文的车？

斯蒂文斯 （对着戈文）来吧。你可以去接巴奇。

戈文 对的。

（他转身，开始走向前面的楼梯，就是之前谭波儿和斯蒂文斯进来的地方，然后停下）那是对的。我可能还是应该用秘密通道。

（他转回去，再次绕过书桌，走向后面的门，看见谭波儿的手套和包在桌上，拿起来递给她：几乎是粗暴地）这里。这就是他们所说的证据；别忘了这些。

（谭波儿接过包和手套。戈文继续走向后面的门）

谭波儿 （跟着他）你有帽子和外套吗？

（他没有回答。他继续走，走出去）哦上帝啊。又来了。

斯蒂文斯 （碰碰她的胳膊）快点。

谭波儿 （没有动）明天，明天，明天——

斯蒂文斯 （把她心里想的说出来，完成这个句子）——他将再次把车撞在错误的树上，在错误的地点，你将不得不再次原谅他，在接下来的八年中，直到他可以再次在错误的地点，把车撞在错误的树上——

谭波儿 我当时也在开车。我也开了一段时间。

斯蒂文斯 （温柔地）那就让它给你一点安慰。

（他又拉起她的胳膊，让她转向楼梯）快点。已经晚了。

谭波儿 （犹豫）等一下。他说了，不。

斯蒂文斯 是的。

谭波儿 他说了原因吗？

斯蒂文斯 是的。他不能。

谭波儿 不能？一个州的州长，有权赦免或者至少缓刑，却不能？

斯蒂文斯 那只是法律。如果只是法律，我本来任何时候都可以说她疯了，不用在凌晨两点带你来这儿——

谭波儿 也不用父母中的另外一方；别忘了这个。我不知道你是怎么做到的……是的，戈文先到这儿的；当我把巴奇抱进去放到床上，他只是假装在睡觉；是的，那就是你说的泄漏阀，当我们停在加油站换轮胎的时候：让他超过了我们——

史蒂文斯 好吧。他甚至没有在谈论正义。他在谈论一个孩子，一个小男孩——

谭波儿 是的。往好处想：同一个小男孩维系起他正常和自然的家，那个杀人犯、黑人、吸毒的妓女，毫不犹豫地投下了棋局的最后一着——也许那个词不对，是吧？——她知道和拥有：她自己卑贱和无价值的人生。哦是的，我也知道那个答案；今晚也在这里揭晓了，那就是，一个小孩不应该为了我而受罪。因此好可以来自坏。

斯蒂文斯 不仅可以，而且必须。

谭波儿 一语中的。那个小男孩怎么会拥有自然和正常的家庭，如果他的父亲可能在任何时候告诉他，他没有父亲？

斯蒂文斯 难道你八年以来的每一天都不在回答那个问题吗？难道南希没有为你回答过这个问题，当她告诉你，你该如何还击，不是为你自己，而是为了那个小男孩？不要向父亲表明他错了，甚至也不要向小男孩证明他父亲错了，而是让小男孩用他自己的眼睛了解，任何东西，甚至那个有可能进入那个房子的东西，都不会伤害到他？

谭波儿　但我放弃了。南希也告诉你了。

斯蒂文斯　她现在不这么认为。那难道不是她周五早上将要去证明的吗？

谭波儿　周五。黑色的一天。那天你从不开启行程。只是南希的行程不是开启在白天或者日出或者任何执行绞刑的礼貌和得体的时间，明天之后的那天。她的行程开始于八年前的那个早晨，当我在大学上了火车——

（她停下来：过了一会儿；然后安静下来）哦上帝啊，那也是周五；那场棒球赛是在周五——

（快速地）你明白吗？你不明白吗？它离得不近。当然他不会救她。如果他那样做了，就结束了：戈文可以只是把我赶走，他可能已经做了，或者我可以把戈文赶走，我本来可以做的，直到为时已晚，永远也来不及了，或者法官本来可以把我们俩都赶走并把巴奇送到一家孤儿院，那样就都完了。但现在还可以继续，明天明天明天，永远永远永远——

斯蒂文斯　（温柔地想要让她说）来吧。

谭波儿　（退缩着）告诉我他究竟说了什么。不是今晚：不可能是今晚——他有没有在电话里说过，我们甚至不需要——

斯蒂文斯　他一周前说过——

谭波儿　是的，大约就在你发电报的时候，他说了什么？

斯蒂文斯 (复述)"我是谁，能有无耻的鲁莽和大胆用我办公室的微小领地去和那简单的不违规的目标抗衡？我是谁，能去废止和撤销她与那个穷困、发疯、失足、无价值的生命所做的交易？"

谭波儿 (疯狂地)也很好——好而且老练。所以我凌晨两点来这里，甚至不是希望挽救她的生命。甚至不是要被告知他已经决定不去救她。甚至不是要向我丈夫坦白，而是让两个陌生人听，这件事我已经花了八年的时间努力赎罪，让我丈夫不必知道。你明白吗？那只是在煎熬。不为别的，就是煎熬。

斯蒂文斯 你来这里是为了申明南希明天早上用死去假设的东西：小孩子，只要他们是小孩子，就应该未受损、不痛苦、不撕裂、不恐惧。

谭波儿 (安静地)好吧。我已经那样做了。我们现在可以回家了吗？

斯蒂文斯 是的。(她转身，走向台阶，斯蒂文斯在她身边。当她走到第一级台阶时，蹒跚了，好像是被轻轻地绊了一下，像个梦游的人。斯蒂文斯扶住她，但她立刻把手臂挣脱出来，开始下楼)

谭波儿 (在第一级台阶上：不对着任何人，仍然带着梦游的气息)为了拯救我的灵魂——如果我有灵魂的话。如果有一个上帝来拯救它——一个想要它的上帝——

(大幕落下)

第　　三　　幕

监　　　　狱

（　甚　至　尚　未　放　弃　——　）

所以，尽管在一定意义上监狱既比法院老又不比法院老，在事实上，在时间上，在观察上，在记忆上，它甚至比城市自身还要老。因为直到有了法院才有了城市，直到没有地板的、放着铁柜子的倾斜兔子窝被从监狱的圆木板中掠夺出来并完全变成了一座近乎—新—希腊—出于—乔治亚—英格兰式大房子，位于后来成为城市广场〔其结果之一就是，城市本身向南移了一个街区——或者说，当时还没有城市，法院本身是催化剂：仅仅是一条林中小路，小径，通道加宽了，满是尘土，树林里有橡树、梣树、胡桃树、梧桐树、开花的梓树、楝树、紫荆树、柿子和野莓，路的一边是老艾莱克·霍尔斯顿的酒馆和马车场，再往前一点儿是拉特克里弗的货栈—小店和铁匠店，它们的斜对面，正对着并且孤零零地在灰尘之外，是木头监狱；移动了——城市——完全的并且无损的，向南一个街区，这样现在，一又四分之一世纪之后，马车场和拉特克里弗的点都没了，老艾莱克斯的酒馆和铁匠店成了旅馆和停车场，在一条主干道上，的确如此但仍是一条做生意的侧路，监狱在它们对面，但现在也变成了乔治亚砖建成的两层小楼，由沙多里斯和萨特潘和路易斯·格勒尼尔的手（或者钱夹）建造，甚至不是对着一条侧路，而是一条小巷〕；

所以，比一切都老，它就看到了一切：转变和改变。并且，在那个意义上，记录了它们（真的，正如加文·斯蒂文斯，市里的律师，郡里的业余政治家辛辛纳特斯，习惯说的那样，如果你要细读一个社区的历史，以不间断的——呃，重叠的——连续性，不要去看教堂登记和法院记录，而是去看监狱墙壁上一层又一层的刷墙粉、木榴油、白石灰的下面，因为只有在那种强迫的阉割中，人才能会找到懒散去创作，用粗糙和简单的方式写出他粗糙和简单的欲望和渴望，粗糙和简单地再现他粗糙和简单的心）；看不见又被深压，不仅在大牢房和小牢房木榴油—白石灰里面的年轮上，而且也在看不见的外墙上，先是简单的用泥浆糊起的原木墙，后来是对称的砖块，不仅有散乱的没文化的重复的没有想象力的打油诗和没有观点几乎是史前的性爱图画和文字，还有图像、全景，不仅关于城市，而且关于它的岁月，直到一个多世纪已经完成，不仅充满它的转变和变化，从一个落脚点，成为一个社区、一个定居点、一个村庄、一个城市，而且充满形状和运动，激情、希望、劳作、忍耐的手势，男人们、女人们、孩子们的手势，在他们连续的重叠的一代又一代，在反映图像的主体被消失、被替代、再次被替代多年以后，就像当你站在一间昏暗的空屋子里并相信，在人的难以置信的和经久不衰的过去的巨大重量之下被催眠，也许你把头转向一侧就能从眼角看到一只移动的肢体也转了过去——裙撑发出的微光、镶了蕾丝边的手腕，也许甚至是一支骑士牌羽毛笔——谁知道呢？如果有足够的愿望，甚至可能是化为灰烬之后三百年的那张脸本身——那双眼睛，两滴胶冻状的眼泪充满傲慢、骄傲、餍足、关于痛苦的知识和关于死亡的先知，贯穿十二代人一直对死亡说不，仍然问着那个古老的同样的没法回答的问题，在其反映之物已经得知答案并不重要的三个世纪之后，或者——更好的是——已经忘记了问题的提出——在一面已经盯了太久太久的古老的镜子幽暗的深不可测的梦一般的深度中。

但不是在阴影中，这个不是，这面镜子，这些原木，在那些最初的夏天烈日当空，蹲在还有一些树桩的空地上，孤独地蹲在尘土飞扬的小径的一边，小径上偶尔有车轮的印迹但大多数时候是马和人的印迹：派迪格鲁的私人小马快递，直到他和它被取代，被来自孟菲斯的一月一次的驿站马车、被杰森·康普生卖给依科莫土比、老莫哈塔哈的儿子，以及那个部分最后一个统治契卡索的首领的马，换得的一块地如此之大以至于，第一次正式的调查显示，新的法院会是康普生家的另一座大宅，如果市政委员会没有买下足够部分（以康普生的价格）以防他们自己成为私闯民宅者，被那匹将哈珀山姆医生的破旧黑包带来的、装了马鞍的母马（在哈珀山姆医生太老了，腿脚僵硬到爬不上马鞍之后又拉了一个小车），被那些拉车的骡子发现，老莫哈塔哈坐在车上的摇椅里，一个黑人奴隶姑娘为她撑着一把法式太阳伞，周六去城里〔最后一次是在纸上画上大写的X，批准永远失去她的臣民，那一次也坐着车来了，跟往常一样光着脚但穿着紫色的丝袍，是她儿子依科莫土比从法国帮她带回来的，戴着一顶帽子，上面有标志着女王的皇家色彩的羽毛，坐在奴隶举着的太阳伞下面，另一边蹲着一个奴隶小女孩，拿着结垢的拖鞋，她从来没能把脚伸进去，车后面是一小堆他儿子从欧洲带给她的没做标记的欧洲杂物，东西不多可以带着走；最后一次走出树林进入拉特克里弗货栈前面的尘土飞扬的小径，联邦土地代理和他的执行官拿着纸在那儿等着她，让骡子停下，坐了一会儿，担任她保镖的年轻人们安静地蹲在停下的车周围，在走了八英里之后，从货栈和霍尔斯顿家酒馆的走廊上，定居点——拉特克里弗家族和康普生家族和皮博迪家族和派迪格鲁家族（不是格勒尼尔和霍尔斯顿和哈珀山姆，因为路易斯·格勒尼尔拒绝进来看它，因为同样的原因老艾莱克·霍尔斯顿在那个炎热的下午一个人坐在他酒吧壁炉焖燃的木头前，哈珀山姆医生死了，他儿子已经带着新娘去了西部，新娘是莫哈塔哈的孙女，他的岳父是莫哈塔哈的儿子依科莫土比）——在旁观，看着：神秘莫测的无龄的满是皱纹的脸，肥胖变形的身体穿着一位法国女皇丢弃的服饰，在她身上看着像是一位有钱的拿切士或者新奥尔良妓院夫人的周日服装，坐在破旧不堪的马车里，她手下的军队围着她蹲成一圈，这些年轻人也穿着他们周日旅行时的衣服。然后她说："这片印安领地在哪儿？"他们告诉她：西部。"让骡子转向西面走，"她说，有人这样做了，她从代理手里拿起笔，在纸上画下了她的X，把笔递回去，马车启动，年轻人们也站起来，她在那个夏日的下午消失于没上油的车轮绝妙而微小的嘎吱声和缓慢前行之中，她本人在僵直的太阳伞下一动不动，怪异又尊贵，奇怪又垂死，像是过气自身在自己过气的灵柩上乘着马车离开舞台，一次都没有回望，一次都没有回望家园〕；

但最重要的，是男人们的脚印——哈珀山姆医生和路易斯·格勒尼尔从大西洋沿岸带来的定制鞋，跟在弗朗西斯·马里恩后面的艾莱克·霍尔斯顿的骑兵靴，并且——几乎比树叶种类更多，比所有其他加起来数量更多的——是莫卡辛软底鞋，森林里的鹿皮凉鞋，不是印第安人穿的，而是白人、拓荒者、长期狩猎者穿的，仿佛他们不仅让荒野消失，而且甚至踏进了他们所掠夺的那些人的鞋子里（并且测量过也合脚，因为是通过他的脚和腿白人征服了美洲；他的马和牛闭合的分裂的蹄印总是覆盖了他自己的足印，只是在巩固他的胜利）；——（监狱）看着他们所有人，红人和白人和黑人——拓荒者、狩猎者、带枪的林中人，他们留下了跟红人相同的轻快无声的只有脚尖几乎没有脚跟的足印，他们掠夺了红人，并且就是因为这个原因掠夺了红人。不是因为那个枪筒，而是因为他们可以进入红人的社会环境并留下和他们同样的足印；农夫留下深深的鞋后跟印因为他肩上所承受的重量：斧头和锯子和犁架，他们因为相反的原因掠夺林中人，因为有锯子和斧头，他就可以轻易地去掉、擦除只有林中人才能生存的社会环境；跟在农夫后面的土地投机者和奴隶、威士忌交易者，跟在土地投机者后面的政治家，在那条尘土飞扬的小径的尘土中留下的脚印越来越深，直到最终再也没有契卡索人的印迹；（监狱）看着他们所有人，从最初纯真的日子，那时哈珀山姆医生和他的儿子、艾莱克·霍尔斯顿、路易斯·格勒尼尔最初是依科莫土比的契卡索家族的客人，后来是朋友；然后是一个印第安代理人和一个土地—办公室和一个货栈，突然依科莫土比和他的契卡索人自己成了客人，而没有成为联邦政府的朋友；然后是拉特克里弗，货栈不再仅仅是印第安人的货栈，但印第安人仍然受到欢迎，当然（因为，毕竟，他们拥有土地或至少是最先在这片土地上并声称拥有它的），然后是康普生带着他的赛马，现在康普生开始拥有印第安人的烟草、印花棉布、牛仔裤、烧菜锅的账目，记在拉特克里弗的账本上（他也会适时拥有拉特克里弗的账本），有一天依科莫土比拥有了赛马，康普生拥有了土地本身，其中的一些城市之父将不得不根据他的价格从他这儿购买，为了建立一个小镇；派迪格鲁带着他的每三周一次的邮件，然后是每月一次的阶段，新面孔更快地来到，在老艾莱克·霍尔斯顿，关节发炎又性格暴躁，像一只坏脾气的老熊一样蹲坐在他焖燃的壁炉前，即使是在夏日的炎热之中（他现在是那最初的三个人中唯一的一个，因为老格勒尼尔不再到定居点来了，老哈珀山姆医生死了，老医生的儿子，根据定居点的看法，已经变成了印第安人，甚至在十二或者十四岁的年纪就叛变了）做出任何努力，想要，将新来的人的名字联系上之前；现在实际上最后的莫卡辛鞋印从那条尘土飞扬的小径上消失了，最后只有脚尖没有脚跟的轻快的大步脚印在一瞬间指向西面，然后被从人的视野和记忆中踩去了，被一个沉重的皮革后跟，不是因为路途上的忍耐、艰难和生存，而是因为金钱，——（脚印）带走的不仅有莫卡辛鞋，还有鹿皮绑腿和坎肩，因为依科莫土比的契卡索人现在穿着东面工厂制造的牛仔裤和鞋，从拉特克里弗的和康普生的综合商店赊账卖给他们的，在白人的周六走进定居点，带着外来的鞋，被整洁地卷进外来的裤子，夹在腋下，在康普生的溪流的桥上停下足够长的时间，在穿上裤子和鞋子之前洗他们的腿和脚，然后去一整天蹲在商店的走廊吃奶酪和饼干和薄荷糖（也是从康普生的和拉特克里弗的展示柜里赊账买的），现在不仅是他们而且哈珀山姆和霍尔斯顿和格勒尼尔也勉强同意待在那儿，不合时又不相容，还不是真正的困扰，只是不舒服；

然后他们都走了；监狱一直看着：停下的、没上油、没上漆的马车，由一群没喂饱的骡子拉着，东面的马鞍碎片被粗鹿皮带绑着，九个男人——粗野的男人们，桀骜不驯又骄傲，甚至在他们自己那代人的记忆中都是自由的，在他们的父辈，国王继承人的记忆中也是如此——蹲在它周围，等待着，安静而沉稳，甚至没有穿着古代在树林里软化的鹿皮标志他们的自由，而是穿着白人令人费解的仪式休假时的正式皇家服饰：细平布长裤和前襟浆洗过的白衬衣（因为他们现在是在旅行；他们对外部世界，对陌生人将是可见的：——腋下也夹着新英格兰制造的鞋，因为距离会很长，光脚走路更好），衬衣没有真正的领子和领结，有穿在外面的燕尾，但仍然像板一样僵硬、闪光、崭新，在马车里的摇椅上，在奴隶举着的太阳伞下，肥胖变形的老年女性首领穿着汗湿的皇家紫色丝绸，戴着插羽毛的帽子，当然也光着脚，但是，因为她是一位女王，由另一位奴隶拿着她的拖鞋，把她送到那张纸前，然后继续前行，慢慢地完美地消失在没有上油的马车的慢慢的完美的嘎吱声中——看起来并且只是看起来是这样，因为实际上仿佛是这样，她没有在一张纸的底部画上一个墨水十字，而是点燃了放置在一个水坝、一个堤坝，一个屏障下面的矿脉，已经紧张、凸起、膨胀，不仅高高地突出地面，而且倾斜、逼近，马上就要坍塌，因此它只需要棕色的文盲的手里的那支笔轻轻的一触，并且那辆马车没有慢慢地完美地消失于没有上油的轮子的完美声音中，而是被扫除、投掷、扔出不仅是约克纳帕塔法县和密西西比，还有美国，一动不动又完好无损——那辆马车，那些骡子，那个僵硬变形的老年印第安女人和围绕着她的九个头颅——像一辆彩车或者一件舞台道具，被迅速地从背景拉进舞台侧翼，在道具人员为下一场和下一幕准备布景的喧嚣声中，在幕布甚至还没有时间落下之前；

没有时间；下一场和下一幕自己清理自己的舞台而没有等待道具人员；或者说，甚至没有费事去清理舞台而是直接开始了新的一幕和一场，就在那个旧时代的魅影和消失的幽灵之中，它们已经枯竭、用尽，不再存在，永不回来，仿佛简单、有序、寻常的每日更替不足够大，没有构成足够的范围，因此星期、月、年不得不被浓缩、混合成一次爆破，一次涌动，一次无声的咆哮，每次一个单词：小镇、城市，带上一个名字：杰弗生；男人们的嘴和他们不肯相信的脸（老艾莱克·霍尔斯顿早已停止去为这些脸命名，或者，而且，甚至不去识别）被它充满；那只是昨天，到了明天巨大而明亮的仓促和吼叫就已经将这个小镇向南面推了一个街区，在背街小巷的一潭死水中留下那个古老的监狱，它像那面古老的镜子，已经看了太多太久，或者像那个男性首领，不管他是否命令将泥浆糊缝的小木屋变成一座大宅，至少预见到了这一点，现在不仅心满意足而且甚至更喜欢后面走廊上的旧椅子，听不见已经被拆除的起居室里蓝图的摩擦和斗嘴的建筑师的吵闹；

它（那个老监狱）不在乎，在那潭死水中波澜不惊，被那个城市的空间街区隔绝了小镇诞生的混乱，泥浆糊缝的木头墙甚至嵌入了一个更老时代的碎片也在迅速逝去：一个偶尔逃跑的奴隶或者醉酒的印第安人或者梅森或者黑尔或者哈普老传统的假冒未来继承人（等待它的时机知道，法院建成了，监狱也将被翻建成砖墙，但是，不像法院，只是一层砖块外饰，一楼古老泥浆糊缝的木头在图案规整堆成的保护层后面依然完好无损）；现在甚至不在观看，只是认知、记忆，昨天还只是荒野寻常，一个货栈，一个铁匠铺，而今天已经不是一个小镇，一个城市，而是那个小镇和那个城市，被命名了；不是一个法院而是那个法院，像一只火箭固定不变的炸裂，甚至还没有完成而是已经耸现，灯塔焦点和北极星，已经被其他任何东西都要更高，出现在迅速并消退的荒野中，——不是荒野如同退潮一般从富饶而适于耕种的土地上消退，而更像是土地自己，富饶而耕种不尽，从沼泽和陷阱中向着太阳和空气升起，自己就向后冲并踩下刹车，灌木丛、支流、底部和树林，和没穿宗教长袍的居民一起——荒野人和动物——曾经缠着他们，渴望着，梦想着，想象着，别无其他；北极星和地极，吸引着人们——男人们和女人们和孩子们，少女们，可以成婚的姑娘们和小伙子们，带着他们的工具、货物、牲口、奴隶、金钱，在牛或者骡子的队伍后面，乘蒸汽船从密西西比沿着依科莫土比的老河流进来，涌进来；就在昨天派迪格鲁的小马快递被一辆公共马车取代，但已经有了关于一条铁路的谈话，向北不到一百英里，贯穿从孟菲斯到大西洋全程；

现在走得很快：仅仅七年，不仅法院建成了，监狱也建成了，当然不是一个新的监狱而是老的，用砖块饰面，变成两层，有镶白边和加铁栏杆的窗户，只是它的正面被提升了，因为在饰面背后仍然是古老的不可磨灭的骨头，古老的不可磨灭的记忆。古老的圆木完好而昏暗地禁闭在层层排列的对称的砖块之间，白石灰墙泥，现在甚至免除了不得不去看，看见，观看那个新的时代，再过几年之后它就甚至不会记得那些古老的圆木在砖块后面或者曾经在过，这样一个时代，醉酒的印第安人从中消失，只留下拦路的强盗，他们赌上了自由，逃跑的黑人，他们没有自由可赌，仅仅赌上了他的环境；那么迅速，那么快速：萨特潘的无法驯服的巴黎建筑师早已离去，(希望他) 消失回到他曾让那个失败的午夜尽力重获的任何地方，在沼泽中被追上和抓住，(小镇现在知道了) 不是被萨特潘和萨特潘的荒野西部印第安首领和萨特潘的猎熊犬，甚至也不是被萨特潘的命运甚至也不是他的 (建筑师的) 命运，而是被小镇的命运：进步本身的不可战胜的长胳膊伸进了那个午夜沼泽，将他从那一圈狂吠的狗和裸体的奴隶和松树火把中拉出来，和他一起像一个橡皮签名一样给小镇盖了章，然后释放了他，不是像一管被挤出的油漆那样把他扔出去，而 (也是漫不经心地) 只是张开了它的手指，它的手掌；盖上了他的 (建筑师的) 印章，不是只盖在了法院和监狱上，而且盖在了整个小镇上，他的砖块的流淌甚至从来没有衰退，他的模具和砖窑建造了那两座教堂，然后是那个女子学院，这个学院的文凭对于一个北密西西比或者西田纳西的年轻女子来说现在具有神秘的重要性，相当于温莎城堡时期由维多利亚女王签名的邀请函之于一位从长岛或者费城来的年轻女子；

现在那么快：明天，铁路真的不间断地从孟菲斯延伸到了卡罗莱纳，那些车轮很轻、堆满货物、燃烧木头的引擎在沼泽和手刹之间尖叫，那里仍然潜伏着熊和黑豹，穿过开阔的森林，那里吃草的鹿仍然在像无风的烟一般的苍白带子中飘荡：因为它们——那些野生动物，那些野兽——还在，它们忍受了，它们会熬过来；一天，它们会逃跑，缓步移动，碎步疾驰，穿过已经被运送邮件的飞机投下的鹰性阴影侵占和放弃的林中空地；它们会熬过来，只是荒野的人们都走了；实际上，明天，在杰弗生会有成年男人，他们甚至不能记起监狱里的一个醉酒的印第安人；又一个明天——如此快速，如此迅速，如此快——甚至再也没有一个属于黑尔、梅森和发疯的哈尔普斯的那种古老的真正的血腥程度和传统的拦路劫匪；甚至是穆里尔，他们隔了三层的继承人和典范，继承了简单的贪婪和嗜血并将其转化为一种法外帝国的血腥梦想，都离去了，结束了，像亚历山大一样过时了，被将死被剥夺，甚至不是被人而是被进步，被中产阶级道德没有被刺穿的表面，它甚至拒绝让他有被作为重罪犯处决的尊严，而是仅仅在他手上打了烙印如同伊丽莎白时代的扒手——直到过去的日子留给监狱去化身的一切是逃跑的奴隶，他还多出了一点点小时，一点点分钟，但时间、大地、国家、美国土地，越来越快地漩向它命运的陡峭悬崖；

　　那么快速，那么迅速：现在是大地上的一件商品，它到现在为止最初是在印第安人中间交易：当时以英亩、分区和边界为单位：——一种经济：棉花；一个国王：无所不能又无处不在；其命运（现在很显然了）是犁和斧子仅仅是工具；不是犁和斧子去除了荒野，而是棉花；移动的微小球体哪怕在孩子手上也无重量而数量大，甚至不能填充一支步枪，更别说给它装上弹药了，但却威力足以切断橡树、山胡桃树和橡胶树的主根，让遮蔽数英里的树冠在单单一个季节就在毒辣的光照之下枯萎和消失；不是步枪也不是犁把最后那只熊、鹿、黑豹赶进了河底最后那片的丛林要塞，而是棉花；不是法院高耸的穹顶把人们吸引到了这个国家，而是把他们冲进来的那个相同的白色波浪；那温柔的浮沫覆盖冬天棕色的土地，在春天和夏天迅速长大，成为9月的白色大浪冲击轧棉机和库房的侧面，在岸上的大理石柜台上像钟一样发出声响；

不只是改变了土地的面貌，还有小镇的肤色，创造了它自己的寄生虫式贵族统治，不仅在种植园房屋廊柱大厅的后面，而且在商人和银行家的账房和律师的密室，并且不仅这些都延续下来，而且最终低配版地完成了；还有小镇的那些办公室：治安官的、税收官的、执行官的、监狱官的和书记员；一夜之间对老监狱做了当年萨特潘的建筑师用他所有的砖和铁所做的工作，如果当时能完成的话，——那个曾经不可避免、是必需之物的老监狱，像一个公共厕所，并且它就像一个公共厕所，不是被忽视，而只是相互和谐地不被看见，不被看，不被以它的目的和目标命名，但它对于镇上老一些的人来说，尽管经过萨特潘的建筑师的整容，仍然是那个老监狱——现在变成了郡政治委员会上的一个整数，一个可移动的走卒，像治安官的星星或者书记员的协定或者执行官的权杖；现在真的转变了，提升了（一个巅峰），高于小镇水平线十英尺，这样老的被埋葬的圆木墙现在包含监狱管家人的宿舍和厨房，他的妻子招待城市和郡的罪犯很多顿饭——奖励不是因为工作或者工作能力，而是因为政治忠诚和通过血缘和婚姻能够投票的亲人数量；——一个监狱看守或者监狱官，本人就是某人的表兄并且有足够的其他表兄和姻亲以确保治安官或者大法官—或—巡回法庭的选举，——一个失败的农夫根本不是他的时代的受害者而是恰恰相反，是它的主人，因为他与生俱来和不可逃避的无能，没法通过自己的努力养活家人，与他相匹配的是一个时代和一片土地，政府被建立的工作前提基本上就是一个愚蠢和贫困的庇护所，因为如果不是这样的话，你或者你妻子的亲戚如果私有生意失败了，你自己就不得不去支撑，——他如此地主宰自己的命运以至于，在那样一个时代和那样一片土地，人的生存不仅依靠他拉犁和砍树而不伤害或毁灭自己的能力，命运给他提供了一个孩子：一个瘦弱的贫血的女孩儿，窄窄的双手不能干活，连挤牛奶的力气都没有，然后通过一个悖论超越它自己的征服和永恒的屈服，给他一个用他的姓氏命名而却注定要失败的职业：农民；这是在职的，监狱看守，囚犯；那些古老的粗糙的原木，它们知道依科莫土比的喝醉的契卡索人和喧闹的车夫和捕猎者和船夫（和——在那一个短暂的夏日夜晚——四个强盗，其中一个可能是谋杀犯，韦利·哈尔普），现在是低头做一个窗框的人，日复一日，月复一月，年复一年，那个瘦弱的金发女孩儿不仅不能（或者至少被允许不去）帮助妈妈做饭，而且甚至也不在她的妈妈（或者也许是爸爸）洗好盘子之后把盘子擦干，——沉思，甚至不是在等待任何人或者任何事，据小镇所知：只是在沉思，在金色的发丝间，在面对着小镇道路的窗前，日复一日，月复一月，并且——根据小镇的记忆——年复一年但一定只持续了三年或者四年，在某个时刻，刻下了她脆弱而不可磨灭的冥想签名，在（那扇窗户的）一面窗玻璃上：她瘦弱而不工作的名字，由她瘦弱而不工作的手上的一枚钻石戒指刻画出来，和日期：塞西莉亚·农民，1861年4月16日；

在这个时刻，土地的、国家的、南方的、这个州的、这个郡的命运，已经漩入了向着悬崖的俯冲，倒不是州和南方不知道，因为跌落的最初几秒总是似乎像升腾：猛冲之前的轻盈的从容，不是向下而是向上，落体在那一秒通过变体翻转为土地的向上猛冲；一次飞腾，一次顶点，南方自己对于命运和骄傲的神化，密西西比和约克纳帕塔法不是最终的那个，密西西比是十一个批准脱离联邦的州中间的第一个，约翰·沙多里斯召集和组织的、以杰弗生为总部的步兵团，去了在密西西比步兵团花名册上排名第二的弗吉尼亚，监狱也在看着，但只是在一个街区之外观察：那天中午，步兵团甚至还不是一个团而只是一个由未经考验的人组成的志愿组织，他们知道他们什么也不懂并且希望他们很勇敢，广场四周围着他们的父亲或者祖父、他们的母亲和妻子和姐妹和情人，唯一出场的制服是站在法院阳台上的沙多里斯佩戴的未开封的军刀和崭新的上校穗带，头上也没有帽子，当浸礼会牧师在祈祷，里士满集结的军官把步兵团叫进来；然后（步兵团）走了；现在不仅监狱而且小镇都一动不动地被拉进了无潮汐的逆流：现在那个俯冲体前进了足够的距离而进入太空，失去了所有运动感，在不可见空气的轻压力之上无重量，不运动，现在都消失了，悬崖边缘所有的收缩，广阔而不增加的土地所有的增长：一个镇上全是老头、老太和孩子，偶尔有一个受伤的士兵（约翰·沙多里斯本人，在第二个马纳萨斯之后通过一次团里的选举被免去上校职位，他回到家，监管他庄园里一片庄稼的种植和收获，直到他感到厌倦并召集起一小伙不规范的骑兵，带进田纳西去加入福里斯特），一成不变，传闻、嘀咕只是在很远和难以置信的梦境距离之外的战争，如同夏日里远处的雷：直到1864年春天，那曾经广阔、固定、摸不到、不增长、无威胁的土地现在成为岩石的一次混杂飞腾（飞腾如此广阔如此喷涌，冲到它自己前面，像是大漩涡上方的水花，剧烈震动之前预备性的麻醉，这样骨头和肉的痛苦甚至都不会被感觉到，从而在故事开始时，在第一阶段包容它和它一起舞动，允许它在一瞬间沸腾到表面像是一根小棒或者一根细枝——或者说一根火柴或者一个泡泡，太轻了以至于无法止对破坏的抵抗起作用：在这种情况下，一个泡泡，一个是它自身免责的细微水滴，因为它——那个泡泡——所包含的东西，没有任何理性，并且蔑视事实，甚至对岩石的理性都是免疫的）——一场突然的战斗，以北面四英里的沙多里斯上校的种植园为中心，溪流线足够长，可以让联盟的主要部分穿过杰弗生到达小镇南面小河高地的那条更强一些的线，在小镇自己的街道上骑兵的后卫行动（这就是那个故事，它的开始；也是它的全部，小镇可能已经被证明可以去思考，假设他们曾经有时间去看到，注意到，说到然后记住，甚至那么一点）——手枪的咔嗒和爆炸，马蹄，灰尘，几个骑马人在一个上尉的带领下的猛冲和疾走，沿着街道路过监狱，他们中的两个人——那个虚弱而无用的女孩在她头发金色的迷雾中沉思，在窗框旁，她三年或者四年（或者随便几年）前曾经在这里用她祖母的钻石戒指刻上了她悖论性的和无足轻重的名字（似乎在小站看来，她从此就一直站在这里），和那个士兵憔悴而衣衫褴褛，满身战争污垢，逃跑，不屈，两个人相互看着，在战争的愤怒和混乱中的那一个时刻；

然后消失了；那天晚上小镇被联邦军队占领了；两个月之后，它着了火（广场、货栈和商店和职业办公室），内部损毁（法院也是），被熏黑、扭曲、没有房顶的砖墙残垣像一个被摧毁的下巴一样围着被法院被熏黑的外壳在两排没有房顶的柱子之间，它们（柱子们）只是被熏黑和玷污了，比火更强硬。但监狱不是，它被无风的滞水隔绝，毫发无损地从火中逃脱；现在小镇仿佛被火隔绝或者也许是被火烧灼而免于愤怒和混乱，奔涌的、杂食的岩石的呼啸声向着东面消退，一起消退的是战争的喧嚣：因此实际上这是阿波马托克斯投降前的一整年（只有那些没有被击败的无法被击败的女人，宁死不屈，在抵抗，在坚持，绝不退让）；在他们拥有名字之前（甚至在他们没有作为一个物种存在之前就已经成为原型），杰弗生就已经有了投机钻营的北方佬——一个名叫雷德蒙德的密苏里人，一个棉花和军需供应投机商，他在1861

年跟着北方军队来到孟菲斯并且（没有人确切知道如何或者为什么）他会跟指挥军队占领杰弗生的准将一行人在一起（或者至少是在其边缘），他自己——雷德蒙德——没有再向前走，停下来，留下了，也没人知道这是为什么，为什么他选择了杰弗生，选择了那个陌生的被火掏空的地方（他自己一个人，或者至少是决定胜负的人们中的那个同伴）作为他未来的家；一个德国二等兵，一个铁匠，一个宾夕法尼亚军团的逃兵，出现在1864年的夏天，骑着一头骡子，带着（后来讲的故事是这么说的，当他女儿们的家庭成为小镇新贵族的女族长和祖母）原始状态的没有分割的美国钞票，压在马鞍毯子卷下面，因此杰弗生和约克纳帕塔法郡已经登上了基督受难处并且提前一整年穿越了阿波马克斯，和回到小镇的士兵们一起，不仅是在杰弗生战役中受伤的，而且是所有人：不仅是从阿拉巴马州福里斯特和乔治亚州的约翰斯顿和弗吉尼亚州的李回来休假的，而是那一场现在将最终的界限从大西洋的老安慰角划到里士满的战役的掉队者、没有伤残的流离失所者和废弃物，去查塔努伽，去亚特兰大，再次去大西洋的查尔斯敦，他们不是逃兵而是无法与任何仍然完好无损的南方同盟军再次会和，直到因为两者之间有敌军，所以在那片土地几乎已经消逝的微光中，阿波马托克斯的丧钟没有敲响；当那些被正式地和官方的假释和解散的士兵们在1865年春天和初夏开始慢慢回到这个郡，就有了反高潮；他们回到了一块土地，它不仅已经在一年多以前穿越了阿波马托克斯，而且还在那一年同化了它，那一整年不仅为了咽下投降而且（求助隐喻，图形）为了转换，代谢它，然后排泄它作为四年未耕种的土地的肥料，他们在弗吉尼亚丧钟敲响正式改变之前的一年就已经着手修复，1865年回来的人们发现他们自己在一片陌生的土地上，而这里曾是他们成长和出生并战斗了四年时间保卫的地方，发现一种正在运行的、有偿付能力的经济建立在可以没有他们的基础之上；〔现在这个故事的其余部分，自从它发生以来，发生了，在这里：还没有到1865年6月；这个人其实没有浪费时间回来：一个陌生人，独自地；小镇甚至不知道自己曾经见过他，因为另一个时间是一年以前并且仅仅持续到他骑马穿过，朝身后的北方军队开了一枪，他一直骑着一匹马——一匹不错的但有点太小太娇弱的良种马——他现在在骑着一头大骡子，因为那个原因——它的尺寸——是一头比马更好的骡子，但它仍然是一头骡子，当然小镇不可能知道他把马换成了骡子，就在同一天他用上尉的军刀——他仍然有手枪的——换了满满一袋做种子的玉米，他曾经看到它们在宾夕法尼亚的土地上生长并且甚至在穿越亚特兰大海滨和杰弗生监狱之间被摧毁的土地那漫长的旅程中都没有让骡子吃上一口，仍然憔悴、褴褛、肮脏，仍然没有被击败并且现在没有逃跑而是正在进行或者至少正在计划一次赤手空拳的袭击，针对任何理性的人都会认为是无法战胜的概率（但是然后，那个气泡一直对事实的短暂性免疫）；也许，可能——毫无疑问：显然1864年她已经在里面站着靠着想着三年或者四年了；从此没有事情发生，在一块甚至预见到阿波马托克斯投降的土地上，能够撼动一次根深蒂固的、持久的冥想，那个老兵——那个女孩看着他从骡子上下来，把骡子拴在栅栏上，也许当他从栅栏走向大门的时候甚至看了她一下，但是可能，也许甚至比较有可能，没有看，因为她现在不是他眼下的目标，他在那一刻并不真正在乎她，因为他时间那么紧，他没有时间，真的没有：还要到达阿拉巴马和那个山上的小农场，曾经是他父亲的，现在会是他的，如果——不，当——他能够到达那里，并且它还没有被四年的战争和无人照看毁掉，即使土地仍然可以耕种，即使他可以明天就开始种植那一袋玉米，他也会迟到几周甚至几个月；在他走向大门的那段路上，当他抬手敲门时，他一定是带着一种疲惫和不可遏制的愤怒在想，已经晚了好几个月了，他怎么还在浪费一天或者也许甚至是两天或者三天才把那个女孩放到骡子背上坐在他身后最终向着阿拉巴马出发，——这个，当他所需要的一切就是耐心和一个清晰的头脑，努力获取它们（还有礼貌，现在也是被要求的），耐心的和迫切的和礼貌的，没有被战胜，尽力去解释，以他们能够理解或者至少是接受的方式，他的简单需要及其迫切性，向他以前从没见过并且从来没有打算，或以任何方式有所预期，再次去见的母亲和父亲，也不是因为他有什么事为了他们或者反对他们，他只是想要在他的余生过于忙碌，一旦他们能够骑上骡子向家出发；那时还没有看见那个女孩，在那次对望期间，甚至没有请求看她一下对望就结束了，因为他现在必须得到许可证然后找到牧师，这样他对她说的第一个单词就是通过一个陌生人传递的承诺；有可能直到他们骑上了骡子——那双无力的没用的手，它们仅有的力气似乎只够将结婚证折好放进她衣服的胸口，然后抓住他腰间的皮带——他又看了她或者（他们两人）有时间相互知道对方的中间名〕；

那就是这个故事，这个事件，5月末的一个下午一般短暂，没有被小镇和郡所记录，也是因为他们没有时间：它们（郡和小镇）已经预见了阿波马托克斯投降并且保持了那种领先，这样实际上阿波马托克斯自己从未超过他们；当然是长久的艰难攀登，但他们拥有——正如他们后来会预测到的那样——那无价的、无以伦比的一年；在1865年的元旦，当南方的其他人坐着看向东北方的地平线，里士满坐落在地平线之外，像是一家人盯着一间病房紧闭的门，约克纳帕塔法郡已经重建九个月了；到了1866年的新年，广场被毁坏的墙（两个冬天的雨水已经将墙上的烟尘洗净）已经暂时有了房顶，再次成为货栈、商店和办公室，他们已经开始修复法院：不是暂时的，这个，而是修复得，跟原来一模一样，在两排有柱子的门廊之间，一北一南，比炸药和火更坚强，因为它是一个象征，那个郡和那个城市，他们知道之前是如何以及由谁来做的；沙多里斯上校现在在家，康普生将军，杰森的第一个儿子，以及尽管一场悲剧曾经损害了萨特潘和他的骄傲——失败的不是他的骄傲，甚至不是他自己的骨头和血肉，而是那些次要的骨头和血肉，他曾经相信它们能够支撑他梦想的大厦——它们仍然有他建筑师的老计划甚至建筑师的模具，以及甚至更多：钱，（奇怪地，奇雷德蒙德，小镇被驯化的外来议员，一种几乎像是生物本能的盲目贪婪的象征，注定要像蝗虫的迁徙一样覆盖南方；当这个人，提前了一整年到达并且现在将他贪婪的果实中不小的一部分投入到重建那个建筑，而当年正是这个建筑的毁灭为他登上舞台拉开了帷幕，是他成为栋梁的护照上的正式签证；到了1876年的信念，这同一个雷德蒙德带着他的钱和沙多里斯上校和康普生将军已经建成了从杰弗生向北到田纳西的铁路，将它与从孟菲斯到大西洋的铁路相连接；在那儿也不满意，北方或南方。又过了十年（沙多里斯和雷德蒙德为吵架而来，沙多里斯和雷德蒙德买了——可能用的是雷德蒙德的钱——康普生在铁路上的收益，下一年沙多里斯和雷德蒙德吵架了，再下一年，仅仅因为身体上的恐惧，雷德蒙德在杰弗生广场上通过伏击杀了沙多里斯并逃走了，最终甚至是沙多里斯的支持者们——他没有朋友：只有敌人和疯狂的崇拜者——都开始理解1862年秋天那次军团选举的结果）那条铁路成为覆盖整个南方和东方的系统的一部分，就像是一片橡树树叶上的纹路，它自身与覆盖美国其余部分的复杂系统相互连通，这样你现在可以在杰弗生登上一列火车，换乘几次，等待几次，就能到达北美的任何地方；

不再是进入美国，而是进入美国的其余部分，因为长久的艰难攀登现在已经结束；只有那些年老的没有被战胜的女人不屈服，不可和解，调转方向，彻底地反对全体一致的运动，直到在一波血浪之上的古老的无序的原地重复，他们自己有一种运动的错觉，不可和解地回头面向那些古老的输掉的战争，那个古老的失败的事业，那古老的被毁掉的四年，它们的肉体伤疤历经十次、二十次、二十五次季节的转换已经退回到土地里；二十五年然后三十五年；不仅是一个世纪一个年代，而是一种思维方式死去了；小镇自己写下了尾声和墓志铭：1900，在联盟军宣誓日，弗吉尼亚·杜普雷夫人，沙多里斯上校的妹妹，扭动一根绳索，躁动不安的彩旗崩塌流走，留下大理石的肖像——石头的步兵在他石头的底座上，就在四十年前里士满官员和当地浸礼会神父曾经聚集在上校军团的地方，穿着灰色的有穗带装饰的上衣的老人们（现在都是军官了，没有一个人的军衔低于上尉）跌跌撞撞地走进阳光中，向着空空的天空开枪，抬高他们沙哑的、颤抖的声音，在尖厉的、让人毛骨悚然的尖叫声中，李和杰克逊和朗史屈特和两位约翰逊（还有格兰特和舍尔曼和胡克和波普和麦克米伦和伯恩赛德，也因为那个原因）在硝烟和喧嚣中听了；尾声和墓志铭，因为显然不论是那些唆使和购买了纪念碑的女士们，还是那个设计了纪念碑的建筑师，还是把纪念碑竖立起来的石匠们，都没有注意到在投下阴影的大理石手掌下的大理石眼睛不是看向北方和敌人，而是向着南方，向着（如果有任何对象的话）他自己的后面，——也许，聪明人说（现在可以说了，老的战争已经过去三十五年了，你甚至可以拿它开玩笑了——除了那些女人，那些女士，那些不投降的，那些不妥协的，她们甚至在又过了三十五年之后仍然站起身，怒气冲冲地走出放映《飘》的电影院），寻求增援；或者也许根本不是一个战斗的士兵，而是一个宪兵司令手下的人在找逃兵，或者他自己在找一个安全的地方逃走：因为那场老的战争已经死了；那些蹒跚的穿灰色衣服的人，他们的儿子已经穿着蓝色衣服在古巴死去了，新的战争的恐怖的纪念品和颂词和神龛已经篡夺了土地，在空枪炮弹的爆炸声和彩旗的失重倒塌揭开最终战争之前；

不仅是一个新的世纪和一种新的思维方式，而且也是行动和行为的方式：现在你可以在杰弗生的一列火车上睡觉，第二天早晨在新奥尔良或芝加哥醒来；在镇上几乎每一栋房子里都有电灯和自来水，除了黑人们的小屋；现在小镇从很远的地方买来和带来一种灰色的压碎的铺路石名为柏油碎石，铺设了从仓库到旅馆之间的整条街，这样乘坐火车的那群人，全是推销员、律师、法庭证人，就不再需要深一脚浅一脚地用力穿过冬天的泥潭；每天早晨一辆货车来到你的门口，带着人造冰并帮你把冰放进后面走廊的冰箱里，周围社区一帮一帮的孩子们跟着它（货车），吃黑人司机为他们凿下的冰的碎片；那年夏天一个特别制造的洒水车开始每天在街上转；一个新的时期，一个新的年代；现在窗户上有纱网；人们（白人）其实可以睡在夏夜的空气中，发现它无害，无敌意；仿佛男人（或者他的女性家属们）突然觉醒，相信他不可剥夺的民权一尘不染，毫无瑕疵；

运动越来越快：从一条光滑舌头任何一侧的两匹马的速度，到三十匹然后五十匹然后一百匹，在一个不比洗衣盆大的锡制阀门下面：从几乎是第一次爆炸，不得不由警察控制；已经在小镇边缘的一个后院，一个铁匠原来的学徒，一个浑身油污的男人，有着看穿一切的修道士一般的眼睛，正在制造一个汽油小汽车，浇铸、钻孔他自己的气缸和拉杆和凸轮，需要的时候就发明他自己的线圈和插头和阀门，小汽车会跑，也的确跑起来了：散发着爆裂声和臭气爬出小巷，就在同一个时刻，银行家巴亚德·沙多里斯，上校的儿子，乘着马车经过：其结果是，在今天的杰弗生书本上有一条法律禁止任何机动车在自治城市的街道上行驶：他（那个银行家沙多里斯）死于一次（这是进步，那么快速，那么迅速）冰雪路面上的失控，由他的（银行家的）孙子引起，他刚刚从（这是进步）西部前线作为战斗机飞行员服役两年回来，现在伪装漆正在慢慢从蹲坐在联盟军纪念碑底座一侧的法国野战炮上褪色，但甚至在它褪色之前镇上就有了霓虹灯，郡里就有了A.A.A.和C.C.C., W.P.A.（"和XYZ和某某"，像是"皮特叔叔"贡伯特，一个瘦削干净的嚼烟草的老人，担任一个政治闲职，由美国元帅任命——从一个重建时期保留下来的职位，当密西西比州是一个美国军事区，任职者是一个1925年仍然活着的黑人——为五个或者六个律师和医生和一个银行生火的人，扫地的人，看门的人和照看火炉的人——仍然被叫作"桑树"，因为他任职元帅之前、期间和之后的职业：贩卖非法威士忌，装在一品脱或者半品脱的瓶子里，藏在他1865年之前的主人的杂货店后面的一棵大桑树的树根下面）镇里和郡里都有；战争自身毁了小镇和郡，而W.P.A.和XYZ造就了它们：现在那些树中的最后一棵已经消失，它们曾经依广场的形状排列，为那个没有坏的二楼阳台遮阴，里面是律师和医生的办公室，接着为下面的货栈前脸和步道遮阴；现在甚至阳台自己都没了，连同它那锻铁栏杆，律师们会把脚搭在上面聊天；还有那连绵的铁链从一根木头柱子到另一根木头柱子围绕着法院的院子，农民们把牲口拴在铁链上；还有公共水槽，他们可以给牲口喝水，因为春天、夏天、秋天的周六和交易日停在广场上的最后一辆马车也没了，不仅是广场，还有那些通往广场的道路，现在也被铺上了，上面有禁行和警示的固定标记，仅仅是为时速超过三十英里的东西准备的；现在最后的那一棵树也从法院消失了，取而代之的是由威斯康辛花房设计和培植的正式综合灌木在法院（也在市政厅），法院和市政厅这些东西，当然是微型的（但那不怪他们自己，而是怪城市和郡的面积、人口和财富）但基于芝加哥、堪萨斯城、波士顿和费城的模式（对于这一点，芝加哥、堪萨斯城、波士顿和费城都不必感到脸红），每三年或者四年都要再一次推倒老的法院，为了建造一座新的，不是因为他们不喜欢老的，也不是因为他们想要新的，而是因为新的法院将给小镇和郡带来更多的没有被挣到的联邦经费；

现在油漆正在准备从蹲在联盟军纪念碑对面一侧的橡胶轮胎上的一辆反坦克的榴弹炮上褪色；现在用萨特潘的建筑师的旧模具做成的老的本地陶土砖也从货栈门前消失了，取而代之的是一片片玻璃，比人高，比马车和队伍长，在匹兹堡工厂里压制成型，内部框架现在沐浴在荧光无阴影的尸体怒视中；并且，现在和终于，最后的沉默也消失了；郡里的空洞颠倒的空气回荡着收音机的轰鸣和嗥叫，这样就不再是约克纳帕塔法的空气甚至也不是梅森和迪克森的空气，而是美国的；喜剧演员的喋喋不休，女歌唱家的男中音尖叫，吐字不清的压力去买买买，到达的速度比光还要及时，离纽约和洛杉矶两千英里；一种空气，一个国家；无阴影的荧光尸体怒视沐浴着男人们和女人们的儿子们和女儿们，黑人和白人都有，他们出生在牛仔工装裤和厚棉布里并在里面度过一生，用现金讲价或者分期付款去买上周在东区的血汗工厂仿制《哈泼时尚》或者《时尚先生》的服装：因为整整一代农民都消失了，不仅是从约克纳帕塔法消失了，而且也从梅森和迪克森的土地上消失了；自我消费者，取代了人的机器，因为人出走时没有留下一个人去骑骡子，现在机器正在威胁要让骡子消亡；那时骡子站在骡群中在日光下在种植园的骡场，种植园道路的对面是密集的相同的一排排两个房间的霰弹枪破屋，里面住着黑人租户或者分租户或者帮手和他们的家人，他们日出时在骡场用缰绳套住它（骡子），跟着它一直在相同犁沟的笔直单调中走来走去，直到日落时回到骡场，（人）一只眼睛看着骡子去哪儿，另一只眼睛看着它的（骡子的）脚后跟；两者现在都消失了：一个消失在四十、五十、六十英亩的山间农场中的最后一个，没法从没有标记的尘土路上进入，另一个消失在纽约和底特律和芝加哥和洛杉矶的贫民窟，或者十个中有九个都是如此，第十个从犁的把手上爬到拖拉机的无弹簧的座位，剥夺和替代了其他九个，正如拖拉机曾经剥夺和取代了其他的十八头骡子，那九个人和它们本来是完整的；然后华沙和敦刻尔克接下来替代了那第十个，现在种植园主还未选拔出的儿子开着拖拉机，然后珍珠港和托布鲁克和犹他海滩替代了那个儿子，留下种植园主自己在拖拉机的座位上，待了一小会儿，而那是——或者他这么认为，忘了胜利或失败都是以相同的过高的改变和变化的价格买来的；一个国家，一个世界：出行距离从来没有超过从约克纳帕塔法郡到孟菲斯或者新奥尔良的年轻人，现在在亚洲和欧洲首都油腔滑调地高谈阔论，不再回来继承密西西比棉花地漫长单调无止无尽的犁沟，现在居住（现在是和一个妻子，明年是一个妻子和一个孩子，后年是一个妻子和孩子们）在汽车拖车或者自由艺术学院外围的美国士兵军营里，父亲和现在是祖父的他自己仍然开着拖拉机穿过逐渐缩减的田野，田野的两端是长长的环状的一束束的电线从阿巴拉契亚山脉带来电能，和熔岩钢管从西部平原带来天然气，带到小小的迷惘的孤单的农舍，自动炉灶、洗衣机和电视天线在其中闪烁、闪亮；

　　一个国家：不再是任何地方，甚至不是在约克纳帕塔法郡，一个最后的不可妥协的堡垒，从这里进入美国，因为最终连那个年老的枯萎的不可控制不可征服的寡妇或者处女阿姨都死去了，那个年老的不死的迷失的事业变成了一个衰退的（尽管仍然是精英的）

社交俱乐部或者社会阶层，或者行为方式，当你记得在一些场合遵守它，比如从布鲁克林来的年轻人、密西西比或者阿肯色或者德克萨斯大学的交换生在周六下午橄榄球场拥挤的坡道上售卖小小的联盟军战旗的场合；一个世界，坦克炮，由一个穿美国制服的日本军团在一片非洲沙漠从德国人的军团俘获，他们的母亲和父亲当时在加利福尼亚关押敌人的拘留营里，（炮）被拉回七千英里，安置在中途，作为一种二级飞行支撑，通向希洛和荒野；一个万象，一个宇宙，包含在一个美国之中，一个高耸的疯狂的大厦，像是按揭年代深渊之上摇摇欲坠的纸牌屋；一次繁荣，一次和平，一次旋转的火箭呼啸填满辉煌的天顶像是金色的羽毛，直到他空气的巨大空洞球体，在巨大的可怕的重担之下他尽力站直，抬起受重创的不屈服的头——他生存其中的那种物质，没有它，他将在几秒钟之内消失——在喃喃低语，带着他的害怕和恐惧和弃权和拒绝和他的渴望和梦想和他的无根据的希望，从星际以雷达波的形式反弹向他；

仍然——那个老监狱——还在，坐在它没有谣言的死胡同里，它几乎没有季节的死水在市政进步和社会转变和改变的匆忙和喧嚣之中，像一个无领的（还算干净：只是暗淡：袜子上有一天的污垢而没有吊袜带）老人脚上有吊袜带和袜子，坐在有围墙的院子里的后厨房台阶上；实际上没有被地点所孤立而是被过时所隔绝：在脱离航线的路上（从地球表面消失，和镇上其余的东西一起，在那一天当整个美国，砍倒了所有的树、用推土机铲平了所有的小山和大山之后，将不得不搬到地下，为汽车腾出空间，让出道路）但就像隧道里的巡线员，快车的轰鸣在他身后响起，他发现自己正对着一个缺口或者缝隙，在墙壁的活着的、坚不可摧的岩石中，正好是他的尺寸，走进去，不可侵犯又安全，当毁灭呼啸而过、继续、远去，不可避免地嵌入命运和终点的精细轨道；甚至——监狱——都不值得卖给美国换取联邦财政中某个相应的配额；甚至（进步如此迅速，如此深远）不再值一个真正的卒，更不必说郡县政治棋盘上的车和马，甚至都不能真正满足这个词本身，只是一个谦逊的闲职，作为某人表亲的丈夫，他失败不是作为一个父亲，而只是作为一个四流的农夫或者打工人；

它幸存了，留下了；它在镇上和郡里有它不可驱逐的地方；它甚至仍在谦逊地增加，不仅是它自己的历史，也是镇和郡的历史：在那暗淡的砖墙后面的某个地方，在老的持久的手工砖块和内墙开裂的木馏油浸染的泥灰之间（尽管镇上和郡里几乎没人知道内墙还在那儿）是老的凹口的和榫接的木头（这个，镇和郡的确记得；它是传奇的一部分）曾经监禁了某个人有可能是韦利·哈尔普；在1864年的那个夏天，那个曾经烧了广场和法院的联邦准将用这个监狱作为他的宪兵司令禁闭室；甚至中学的孩子们都记得监狱是如何接待州长的，当他签署了三十天的审判，罪名是在一次针对他的上尉的生父确认诉讼中拒绝做证而蔑视法庭：而是孤立，甚至是它的传奇和记录和历史，在真实性上无可争议但有一点拐弯抹角，有所省略或者也许就是类似于省略，被浅浅地带上了微弱的安静的伪经特性：因为现在镇上有了新的人，陌生人，外来人，生活在新的微小的玻璃墙的房子里，整洁有序无菌得像是育婴室里的婴儿床，在新的被命名为费尔福德或者隆伍德或者海尔希恩的地区，以前曾是老宅的草地或后院或厨房花园（那些老的过时的有廊柱的房子还立在新房子中间，就像老马在一群羊中间突然从浅睡状态中一跃而起），它们从来没有看见过那个监狱；也就是说，他们在路过时看着它，他们不知道它在哪儿，当他们的亲属或者朋友或者熟人从东面或北面或加利福尼亚来访问他们或者在去新奥尔良或佛罗里达的路上经过杰弗生时，他们甚至可以向他们重复它的一些传奇或历史：但是他们之前没有接触过它，它不是他们生命的一部分；他们有自动炉灶和壁炉和牛奶配送和分期付款计划地毯大小的草地；他们从来没有在那个早晨去过那个监狱，在6月10日或7月4日或感恩节或圣诞节或元旦（或者就那件事而言，在几乎任何一个周一的早晨）之后去支付骑马人或者园丁或者杂工的罚款，这样他就可以赶紧回家（还带着宿醉或者剃须刀伤口上的血还没止住）去挤牛奶或者清理壁炉或者修剪草坪；

因此只有老的公民们知道那个监狱，不是老的人而是老的公民：不是在岁数上年长，而是在对小镇的忠诚度上长久，或者反忠诚度上长久，与那薄弱的长久的延续性相一致（当然不是同时期，小镇现在已经有一百二十五年了，但要与反对那个持续性相一致），出现于一百二十五年之前，建造者是一群被一个喝醉的民兵小队俘虏的强盗，和一个愤愤不平的、讽刺挖苦的、不可腐蚀的荒野邮差，和一个巨大的锻铁挂锁，——那种稳定的持久的不可催促的延续性，与之相对或者相比，进步和变化的徒劳的闪烁的短暂在无物质的重复的转瞬即逝的无疤痕的波浪中流动，就像霓虹灯标志的流动和光亮，在那个仍然叫作霍尔斯顿之家斜对面的地方，它将随着监狱旧砖墙的每一次抽出而褪色，直至了无踪迹；只有老的公民还知道这个：镇上那些不可追溯的和过时的人，仍然坚持烧木头的农场和奶牛和菜园和杂工，他们不得不在周六晚上和假日之后的早晨被赎出；或者那些因为醉酒或者打架或者赌博实际上在牢房或候审室加了铁栏的门和窗里面度过周六白天和假日晚上的人——仆人、骑马人和园丁和杂工，他们将在第二天早晨被他们的白人同伴取出来，和其他人（镇上称之为新黑奴的人，独立于那个商品），他们每天晚上都睡在那儿，在薄的深红的棋盘格的旅馆标志闪烁之下，当他们在街上干出他们的罚金；那个郡，自从它的盗牛贼和走私烈酒犯从那里去接受审判，它的谋杀犯——现在用电了（进步如此迅速）——从那儿走向永生；实际上它仍然，也许不是一个因素，但至少是一个整数，一个密码，在这个郡的政治机构；至少仍然被监督委员会使用，如果不是一个杠杆的话，至少是作为像是庞奇的实心大棒，不是要去敲断骨头，不是为了留下任何永久的伤疤；

因此只有老的知道它，那些不可调和的杰弗生人和约克纳帕塔法人，他们之前与它有（并且毫无疑问坚定地想要继续有）实际的个人往来，在假期之后的蓝色的周一早晨，或者在半年一次的巡回审判或联邦法庭期间：——直到突然你，一个陌生人，一个外来者，比如说从东面或北面或遥远的西面来，路过小镇仅仅是因为偶然，或者也许是那些之前迁入最初和最近地区之一的外来家庭的亲戚或熟人或朋友，你自己偏离了路线而在路标之间摸索，出于直白的好奇而走遍各站，去尽力学习、了解、理解是什么让你的亲戚或朋友或熟人选择生活在这里——不是特指这里，当然了，不是特指杰弗生，而是像这样的地方，像杰弗生这样的地方——，突然你会意识到有些奇妙的事情正在这里发生或者已经发生了；随着时间的流逝，他们没有像应该的那样死去，相反地，似乎这些老的不可调和的人实际上正在数量上有所增加；似乎随着其中每一个安葬，又有两个来分享那个空缺：在1900年，仅仅三十五年之后，不可能超过两个或者三个人能够这样做，不论是通过休闲的知识还是记忆，或者甚至仅仅是医院和倾向，现在，在1951年，八十六年之后，他们可以被以几十记数（在1965年，一百年之后，以几百记数因为——现在你已经开始理解为什么你的亲戚或朋友或熟人之前选择来到这种地方，和他的家人一起并定居下来——到那时一次战争之后的第二次外部入侵的孩子们也会变成不仅是密西西比人，而是杰弗生人和约克纳帕塔法人：到那时——谁知道呢？——不仅仅是窗玻璃，而是整个窗户，也许整面墙，可能已经被移走并经过防腐处理收藏进一座博物馆，被一位历史上的，或者至少是文化上的一群女士，——关于为什么，到那时，他们甚至可能不知道，或者甚至不需要知道：只是因为那个有着女孩名字和日期的窗玻璃是那么古老，这就够了：已经留存了那么长时间：一个小小的长方形，起伏的，粗糙压制的，几乎不透明的玻璃，有一些轻微的划痕，显然不比一只蜗牛爬过所留下的稀薄的快干的黏液更持久，但它持续了一百年），他们能够也愿意停止他们碰巧正在做的事——坐在新时期点缀法院后院的盆栽针叶树中间最后的洋槐树和楝树下最后的木质长凳上，或者在霍尔斯顿之家前面有树荫的人行道上的椅子上，那里轻风总在吹拂——引导你穿过马路进入监狱并且（带着对监狱看守的妻子礼貌的邻里式的道歉，她正在炉灶上炒或翻豌豆和砂砾和碎肉块——以批发价购得，通过跟一家一家店精明地和不倦地讨价还价——她会将其作为囚犯的午饭或晚饭，以郡里能够支付得起的分量，这在她丈夫的闲职中不是吝啬的因素）进入厨房，这样就到了那块带有轻微划痕的浑浊玻璃，过一会儿，你会忽然发现划痕是一个名字和一个日期；

不是一开始，当然，而是过了一会儿，一秒钟，因为一开始你会有一点迷惑，一点不耐心，因为你会因为在毫无预警或准备的情况下被拉进一个正在做饭的陌生女人的厨房而觉得有点不自在; 你想到的只是什么? 那又怎样? 有些恼怒, 甚至有一点愤怒, 直到突然地, 甚至当你还在想着的时候, 有些事已经发生了: 你盯着的那块古老的劣质的玻璃上的那个轻微的脆弱的无意义的甚至是无推论的划痕, 移动了, 在你眼皮底下, 甚至当你盯着它的时候。合并了, 似乎实际上进入了另外一种感觉而不仅仅是视觉: 一种气味, 一句耳语, 填满那个已经是充斥着炸猪油的声音和恶臭的炎热的狭小的陌生房间: 它们两个结合起来——古老的模糊的过时的玻璃, 和上面的划痕, 那个柔弱的无主的过时的女孩的名字和大约一个世纪之前的四月的那个古老的死去的日期——说着, 咕哝着, 追溯至, 出自, 来自, 一个和薰衣草一样古老的时间, 比相册或投影仪更古老, 和达盖尔银版照片一样古老;

作为一个陌生人和一个客人就足够了, 因为, 一个陌生人和一个客人, 你将显得客气和礼貌, 自然地问出主人或志愿向导指望你提出的问题, 他们会丢下他们正在做的任何事(即使只是和其他差不多的人坐在法院后院或者旅馆前面人行道的一条长凳上) 为了把你带到这儿; 更不用说你自己完全自然的欲望, 也许不是为了报复, 但至少为了补偿, 赔偿, 证实, 在没有预警和准备的情况下被带到这里所造成的震惊和恼怒, 带进一个陌生女人的私人空间, 而她正在私密地做着饭; 但是现在你不仅已经开始理解为什么你的亲戚或朋友或熟人之前选择了, 不是杰弗生而是像杰弗生这样的地方, 度过一生, 而且你已经听到了那个声音, 那句耳语, 咕哝, 比薰衣草的香气更微弱, 但(至少在那一秒)比炸肥肉所有的翻滚和愤怒都要大声；所以你问那些问题，不仅是你被指望去问的，而且它们的答案你自己肯定会有，如果你将回到车里并且集中注意力看路标和加油站，继续去你之前出发的地方，当你碰巧或恰巧停在杰弗生一个小时或一天或一夜，主人——向导——回答它们，尽他所能，出自小镇记忆如此悠长的混合遗产，被他的父亲，讲述，重复，继承给他；或更有可能，他的母亲，从她的母亲那儿，或者更好的是，当他自己是个孩子的时候，直接从他的姨奶奶那里获得：那些老处女，未婚没孩子，来自一个时期当时有太多女人因为太多的年轻男人残废或者死去，那些不可征服和不可战胜的，未婚的女性祖先，她们的处女和没孩子的后人仍然能够在《飘》中间站起来并昂首走出去；

并且又一次一种感觉假设两个或三个人的办公室：不仅听见，在听，也看见，而且你甚至站在她那天将名字写进窗户的相同地点，相同板块，以及三年之后的另一个地点，在微弱的脆弱的损毁之中和之外看着听着那突然的奔涌和惊雷，那些灰尘，手枪的爆裂和啪嗒，然后是那张脸，憔悴，因为打仗而肮脏，胡子拉碴；当然很紧急，但只是被侵扰，被骚扰，没有被打败，在一瞬间转向混乱和愤怒，然后消失；女孩儿仍然在窗户里（向导——主人——从来没有说过这个或者另一个；毫无疑问，在小镇一百年之后的记忆中它已经改变了那么多次，从白的到黑的再回到白的，这不重要，因为在你自己的记忆中那种薄雾和薄纱将永远是白的）甚至不是在等待、在沉思：一年，甚至仍然不是在等待、沉思的，甚至不是非不耐心的，只是无耐心，类似于失明和天顶是无色的，直到最终那只骡子，不是从失败、灰尘和消散的烟雾所构成的漫长东北部全景中出来，而是被那坚不可摧的、那不可战胜的、那难以置信的、那骇人听闻的被动性拉出来，以一种不知疲倦的、毫不松懈的步伐一路从弗吉尼亚跑来，——一只在1865年比纯种马更好的骡子，比1862、1863和1864年的马更好，因为现在是1865年了，那个男人，仍然憔悴和不被打败：只是被烦扰、太紧急、没时间出发去阿拉巴马看他农场的情况——或者（而且）他是否有一个农场，现在那个女孩，那个脆弱的不工作的女孩不仅不会挤牛奶而且甚至从来没有被命令、被要求、被暗示去代替她的父亲擦碟子，坐在一头骡子的鞍上，在巡逻的骑兵中尉后面，他来自一支投降的军队，用他的战马换了一头骡子和符合他军衔的军刀和他为了整整一袋种子玉米的不败骄傲，她之前不认识他，甚至没有说足够长的话以了解他的中间名或者他对食物的偏好，也没能把她的情况告诉他，甚至到现在都没有时间这样做：骑行，匆忙地向着一个她从来没见过的郡，去开始一种生活，这种生活甚至不是简单的边境，只有荒野和无人涉足的蛮荒和上帝的温柔之手，而是被文明的铁和火所变成的一片沙漠；

　　这就是你的主人（向导）所能告诉你的一切，因为那就是他所知道和继承的一切，可以从小镇继承的东西：这就足够了，实际上比足够更多，因为你所需要的一切是那张框在有划痕的玻璃后面的白色精致面纱中的脸；你自己，那个陌生人，那个从新英格兰或者大草原或者太平洋海岸来的外人，不再是因为亲戚或朋友或熟人或地图的偶然或碰巧而来，而是也被那难以置信、骇人听闻的被动性从九十年之外拉过来，轮到你穿过和越过那块古老的模糊晦暗的变形的玻璃看着那个形状，那个微妙的脆弱的并且无用的骨头和肉头也不回地离开骡子上的鞍，去收回一个被丢弃的、无疑的甚至是被践踏的（或许甚至是被篡夺的）阿拉巴马山间农场，——正在被抬上骡子（他或许第一次接触她，除了给她戴上戒指：不是为了证明甚至也不是为了感觉，接触，是否印花布和围巾下面真的有一个女孩；还没有时间那样做；而仅仅是把她弄上去，这样他们可以出发），骑行一百英里去成为农夫的没有农场的母亲（她可能会生几十个，全是男孩，她自己不会变老，仍然脆弱，仍然不工作，在搅奶桶和炉灶和扫帚和甚至能将一个女人劈成火种的柴堆之间，没有变化），从母系遗传给他们那种不可战胜、不可违反的无能；

然后突然地，你意识到没有一个地方足够近，离那张脸足够近；——新娘，母亲，祖母，然后寡妇，最终坟墓，——那漫长的平静的通向母系的婚姻进步，在一张没有其他人被允许去坐的摇椅里，然后在一个乡间教堂后院的墓碑中；——不是因为那种被动性，那种静止，那种不可战胜的灵魂驾驭，它甚至不需要等待而只是存在，安静地呼吸，并摄取食物，——不仅在容量上而且在范围上都是无限的：那张脸，将一个男人从骑兵战役的混乱中拉出来的处女女神，一整年都在责任和誓言的长长的铁制的边缘周围，从密西西比的约克纳帕塔法，穿过田纳西进入弗吉尼亚，再到宾夕法尼亚外围，之后转回进入沿着阿波马托克斯河后面的下坡，最终从他手上去除它的铁手：那里，终于是一个安全的距离，从口袋里的绳子和叠起的旗帜和堆起的步枪中进入雨林，一群人领着废弃的马，还热着的手枪仍然在解开的鞘中，可以轻松飞快地拿出来，聚在越来越暗的暮色中——列兵和上尉，中士和下士和中尉——谈了一点关于最后一次绝望的向南进攻（据最后的报告）约翰逊仍然毫发无损，知道他们不会再来，知道他们不仅没有了徒劳的抵抗而且也没有了不可征服性；实际上已经在那个早晨离开去了德克萨斯，西部，新墨西哥；一片新的土地即使暂时还不是（也是废弃的——像那些马一样——因为被那些仍然不可征服和不可战胜的人长期骚扰和折磨）一个新的希望，把两者的所有损失永远留在他们身后；年轻的死去的新娘；——甚至也将他（那张脸）从这里拉回去，不再不得不保持没有被打败，他用他的战马换了这头骡子，用军刀换了那袋种子玉米，穿过整片被毁灭的土地和整个灾年，被那种比北极星更不可逃脱的原始的不可避免的被动性拉回来；

不是那张脸，没有一个地方足够近，那儿没有婚姻母系氏族的象征，而是致命的，一片无法满足和没有死亡的不毛之地；没有配偶，不结果实，隐性睾丸，甚至没有要求更多；只是需要它，需要所有，——莉莉丝的迷失的无法满足的脸将那些物质——愿望和希望和梦想和想象——所有男人的（也包括你：你自己还有主人），拉进一张明亮脆弱的网和圈套；甚至不是为了被抓住，被扔出，被单独的准确无误地一掷，而是被耐心地拥挤地轮流拉来观看绞杀着的金线的编织过程；——将你们两人从差不多一百年之外拉来——你自己就是那个陌生人，哈佛或西北或斯坦福的学士或者（也许甚至是）硕士，在去其他某个地方的路上偶然或碰巧经过杰弗生，主人三代都从未到过比约克纳帕塔法更远地方、只在几个周六的晚上在孟菲斯或新奥尔良待过，他听说过珍妮·林德，不是因为他听说过马克·吐温并且马克·吐温说她好，而是因为马克·吐温说她好的那个同样的原因：不是因为她唱歌，而是因为她在古老的日子里在古老的西部唱歌，那个被公开确认批准公开地在皮带上佩枪的男人是密苏里也是约克纳帕塔法之梦不可避免的一个部分，而从不是杜丝或者伯恩哈特或者墨西哥的马克西米利安的一部分，更不用说墨西哥皇帝是否有过一个妻子（主人——说着——："你的意思是，她是他们中的一个？也许甚至是那个皇帝的妻子"，你说："为什么不呢？她难道不是一个杰弗生姑娘吗？"）——在这个正炸着肥肉的炎热的陌生的小房间，在名单和年鉴之中，不停地咕哝那些至高无上的和不死的名字和不死的脸，那些杂食的贪得无厌的永不满足的脸；魔鬼—修女和天使—女巫；女王，女妖，复仇女神厄里倪厄斯；还有红磨坊舞后密斯丹盖，在她吹嘘和夸耀的仅仅六十多年之外又不屈不挠拥有半个世纪的岁月，让你从中选择，她是哪一个，——不是可能是，甚至也不是可以是，而就是；男人驱散和燃尽事实和可能性的碎片—渣滓的想象力在容量上是如此宽广，如此无限，只留下真理和梦想，——然后就消失了，你再次出去，在炎热的正午阳光中，迟到了；你已经浪费了太多时间，在路标和加油站之间摸索以回到你知道的一条公路，回到美国；不是因为它重要，因为你再次知道现在没有时间、没有空间、没有距离：只有一条脆弱的无用的划痕几乎没有深度地在一块古老的近乎不透明的玻璃上，并且（你过去必须做的一切是看它一会儿；你现在必须做的一切是记住它）有清晰的不远的声音似乎来自收音机精致的天线—线圈，远过女王的宝座，远过精彩的贪得无厌，甚至远过女性族长安静的摇椅，穿过广阔的瞬间的干涉，从很久很久以前："听着，陌生人，这就是我自己，这就是我。"

第一场

内部，监狱，上午十点半。3月12日。

公共休息室，或者"犯人候审室"。在二楼。左侧一扇
沉重的铁栏杆大门是它的入口，通向整个牢房区，它——牢
房——显示为一排铁门，每一个都有自己单独的小铁窗，沿
着右墙排开。右墙最尽头的狭窄通道通向更多的牢房。后面
墙上的一扇单独的巨大沉重铁窗俯瞰街道。现在是晴朗的一
天的上午。

随着一声沉重的铁锁撞击声，左侧的门开了，向后向外
摇荡。谭波儿进来，后边跟着斯蒂文斯和监狱官。谭波儿换了
衣服，但还是穿着袭皮外套，戴着同一顶帽子。斯蒂文斯的穿
着和第二幕完全一样。监狱官是一个典型的小镇看守，只穿
了衬衫，没戴领结，挂在一个大铁环内的沉重钥匙贴着他的
腿，像是农夫拿着一盏灯。他进来的时候把门拉到身后。

谭波儿一进房间就停下来。斯蒂文斯也停下来。监狱官
关上门，随着又一阵铁的撞击，从里面把它锁上，转过身来。

监狱官　好吧，律师，今晚之后就没人唱歌了，是吧？

(转向谭波儿) 你看，你一直不在这儿。你不知道这件事，你会受
不了——

(他自己很快停下来；他差点就要做出他自己会称之为非常不礼貌的行为，就他的阶层和同类
的原则而言最严重的拙劣和坏品味：直接提到一个刚刚死去的人，当着死者家人的面，尤其是

这种性质的死亡，即使到了明天的此时国家自己就将已经用行凶者的生命进行补偿。他尽力纠

正）我也受不了，如果我是那个妈——

（他自己再次停下来；情况变得更糟了；现在他不仅看着斯蒂文斯，而且真的在对他讲话）

每个礼拜天的晚上，上个礼拜天之后的每个晚上，除了昨晚——想想吧，律师，你昨晚在哪儿？我们想念你——这里的律师和南——那个因犯一直在牢房里唱赞美诗。第一次，他就站在外面的人行道上，而她站在那扇窗户那里。这也没什么，没有什么危害，只是在唱教堂赞美诗。因为我们在杰弗生和约克纳帕塔法的当地人都认识斯蒂文斯律师，尽管我们中的一些人可能认为他的行为有些出格——

（事态再次走向失控：他意识到了，但他现在什么也做不了；他就像一个走在独木桥上的人：他所能做的一切只有尽可能地快跑直到他能够到达坚实的地面或者至少穿过另一座桥跳上去）为一个黑人谋杀犯辩护，更不用说他自己的侄子就是被谋——

（到达另一座桥并立即跳上去，至少以正确的角度跑了一小段距离进入简单的普遍性）——也许可能是某个陌生人，比如，某个该死的北方佬游客，正好坐在车里经过，当我们实际上从北方佬那儿得到足够糟糕的批评，——另外，一个白人在寒风中站在外面，而一个该死的黑人谋杀犯在这儿又暖和又舒服；正巧我和塔布斯夫人那天晚上没去祈祷会，所以我们邀请他进来；实话告诉你吧，我们也开始喜欢了。因为他们一发现没人反对这么做，其他黑人因犯（我现在又多了五个，但我把他们带出来并锁到煤房里，这样你就有一些隐私）也加入进来，到了第二个或第三个周日的晚上，人们停在街上听他们唱，都不去教堂了。当然，其他黑人周

六周日晚上还是会进进出出，因为打架或者赌博或者流浪
或者醉酒，只是到了那个时候他们会开始跟着唱，整个合唱
就完全不像样了。实际上，我有一次有个想法，想让警察局
长去查查黑人酒馆和聚点，不是为了抓醉酒的和赌博的，而
是去抓男低音和男中音。

〔他开始笑，大笑了一声，然后控制住自己；他看着谭波儿，脸上带着某种几乎温柔的，几乎会
说话的表情，(仿佛)不畏艰险，直率地公开地面对他自己难以逃脱的恶行困境〕对不起，
斯蒂文斯夫人，我说得太多了。我想要说的是，整个郡，没
有一个男人或女人。整个密西西比州也没有一个妻子或母
亲，不——不感到——

〔再次停下来，看着谭波儿〕我在这里，还在这里，还是说得太多。你
想不想让塔布斯夫人给你拿一杯咖啡或者也许是一瓶可口
可乐？她通常会在冰箱里放一两瓶苏打饮料。

谭波儿　不要了，谢谢你，塔布斯先生。如果我们可以见见
南希——

监狱官　〔转过身来〕当然，当然。

　　　　他走向舞台右后方，走进过道。

谭波儿　又是个遮蔽物。这次是来自一瓶可口可乐或者一杯郡里
的咖啡。

　　　　斯蒂文斯从外套口袋里拿出同一盒香烟，但谭波儿在他
　　　　还没有递给她之前就拒绝了。

谭波儿　不用，谢谢。我现在已经坚强起来了，我几乎感觉不到
它了。人们，他们真的是天生的、天性的温柔、同情、善良。
那就是让人痛苦、扭曲的……某种东西。你的内脏，也许

是。暴徒中的一个让正常仪式停下来几秒甚至几分钟，在他点火之前把一群臭虫或者蜥蜴从木头里驱赶出去——

(台下传来另一扇铁门的撞击声，是监狱官打开了南希的牢门。谭波儿停下来，转身，听着，然后快速地接着说)现在我必须说"我宽恕你了，姐妹"，对那个杀了我儿子的黑人。不，比这更糟。我甚至必须将它颠倒，翻转。我必须开始我的新生活，再次被宽恕。我怎么能说那个呢？告诉我。我怎么能？

她再次停下来，看向远处，这时南希从后面的牢房走进来，后面跟着监狱官，他走到南希前面，继续走，又拿着钥匙圈，像是农夫的灯。

监狱官 (对着斯蒂文斯)好吧，律师。你想要多长时间？三十分钟？一个小时？

斯蒂文斯 三十分钟应该就够了。

监狱官 (仍然向着左面的出口走去)好的。

(对着谭波儿)你确定不要那杯咖啡或者一瓶可口可乐吗？我可以给你拿一把摇椅——

谭波儿 不需要了，非常感谢，塔布斯先生。

监狱官 好的。(站在出口处的门口，去开门锁)那就三十分钟。

他打开门锁，拉开门，关上，从后面锁上，门锁发出撞击声，他的脚步声走远。当监狱官从她身边走过时，南希慢下来，停住，她现在站在谭波儿和斯蒂文斯身后大约六英尺的地方。她的脸平静，波澜不惊。她的穿着和原来完全一样，除了没穿围裙，她仍然戴着帽子。

南希 (对着谭波儿)你去了加利福尼亚，他们告诉我。我曾经想着也许我有一天也会去那儿。但我等了太久，没时间去了。

谭波儿 我也是。太晚了，太久了。我去加利福尼亚太晚了，我回来得太晚了。就是这样，太晚了，太久了，不仅你是这样，我也是；已经太晚了，我们俩本来应该有时间跑的，像是逃离死亡本身，逃离任何一个名叫德雷克或者曼尼戈的人呼出的空气。

南希 只是，我们没有。你回来了，昨天晚上。我也听说了。我知道你昨天晚上在哪里，你和他在哪里。

（她指的是斯蒂文斯）你去见了市长。

谭波儿 哦，上帝啊，市长。不，州长，那个大人物本人，在杰克逊。当然，你意识到戈文先生昨晚没有在这里帮你唱歌，你就知道了，是吧？实际上，你唯一不可能知道的，是州长跟我们说了什么。你不可能知道那个的，不管你多能预知未来，因为我们——州长和戈文先生和我——甚至没有在谈论你；我——我们不得不去见他的原因，不是去乞求或者恳求或者迫使或者放松，而是因为我有权利，有责任，有特权——别看着我，南希。

南希 我没有看你。另外，没关系。我知道州长跟你说了什么。也许我昨晚本来可以告诉你他会说什么，免得你跑这一趟。也许我本来应该——给你捎句话，在我一听说你回到家，知道你和他——

（她又是在指斯蒂文斯，她的头有几乎察觉不出的转动，双手仍然交叠在身前，仿佛还穿着围裙）——两件事或许都有时间的。只是，我没有。但是没关系——

谭波儿　为什么你没有？是的，看着我。这一个更糟糕，但另一个是可怕。

南希　什么？

谭波儿　你为什么没有给我捎话？

南希　因为那就要希望了：最难去打破、去除、放弃的事，所有穷苦的罪人最后松手的东西。也许因为那是他所有的一切。至少，他靠它坚持着，维持着。即使救赎就在他的手中，他必须去做的事，还是二选一；即使救赎就在他的手中并且他需要去做的只是握紧手指，古老的原罪对他来说还是太强烈了，有时甚至在他还不知道之前，他就把救赎扔了，挣扎着回来继续希望。但是没关系——

斯蒂文斯　你的意思是，当你有救赎的时候，你就没有希望？

南希　你甚至不需要它。你所需要的一切，你必须去做的一切，只是去相信。所以也许——

斯蒂文斯　相信什么？

南希　只是相信。——因此也可能是这样，我昨晚所做的一切，只是去猜想你们都去哪儿了。但我现在知道了，我知道那个大人物跟你们说了什么。没关系。我很久以前就做完了那一切，在审判室的那一天。不，比那天更早。在育儿室的那个晚上，甚至在我抬起我的手之前——

谭波儿　（抽搐着）别说了。别说了。

南希　好吧，我已经不说了，因为没关系。我也可以为耶稣跪下。我也可以为上帝跪下。

谭波儿　别说了！别说了！至少，不要亵渎神灵。但我是谁啊，去挑战你对上帝说出的语言？上帝自己都不能挑战它，因为那是他安排你去学的唯一的语言。

南希　我说的话有什么错吗？耶稣也是人。他必须是。男人们因为一个人所说的话而相信这个人。女人们不。她们不关心他说什么。她们因为一个人的身份而相信这个人。

谭波儿　那就让上帝跟我谈把。我也可以为他跪下，如果那是他所需要的，要求的，请求的。我会去做他要我做的任何事，只要他告诉我去做什么。不，如何去做。我知道做什么，我必须做什么，我不得不做什么。但是怎么做呢？我们——我想我必须去做的一切，是回去找那个大人物，告诉他不是你杀了我的孩子，而是我八年以前杀的，当时我从那列火车的后门溜了出来，没别的了。但我们错了。然后我——我们觉得所有的一切会是，我回到这里，告诉你你必须去死；跑两千英里去加利福尼亚，连夜开车去杰克逊，谈一两个小时，然后再开回来，告诉你你必须去死；不只是带给你你必须去死的消息，因为任何报信人都可以这么做，而是竟然是我熬了一夜，谈了一两小时，然后把消息带给你。你知道，不是去救你，这真的不在考虑范围，而只是为我，只是为了苦难和付出代价。多一点的苦难只是因为还剩多一点的时间去受多一点的苦难，我们也可以用它，因为我们已经在为它付出代价；那就好了，那时候就完成了。但我们又错了。就是那样了，只是为你。如果我永远不从加利福尼亚回来，你也不会更糟。明天的这个时候，你将什么都不是了。但不是我。因为有明天，还有明天，还有明天。你要去做的事，就是去死。但让上帝告诉我要去做什么。不，错了。我知道要去做什么，我将去做什么。在育婴室的那个晚上我也找到了。但让上帝告诉我怎么做？怎么做？明天，和明天，还有明天。怎么做？

南希　信任上帝。

谭波儿　信任上帝。看看他对我做了什么。都没问题；也许是我应得的；至少我不是那个去批评或者命令他的人。但看看他对你做了什么。而你仍然可以那样说。为什么？为什么？是因为没有别的了吗？

南希　我不知道。但你必须相信他。也许那是你为苦难付出的代价。

斯蒂文斯　谁的苦难，谁的代价？只是相互之间为自己？

南希　每个人的。所有的苦难。所有穷苦罪人的。

斯蒂文斯　世界的救赎在人的苦难。是这样吗？

南希　是的，先生。

斯蒂文斯　如何？

南希　我不知道。也许当人们在遭受苦难，他们就太忙了而没空作恶，不会有时间去让彼此担心和烦恼。

谭波儿　但是为什么要去受苦呢？他无所不能，或者他们是这么告诉我们的。为什么他不能发明一些其他的东西？或者，如果必须要受苦，为什么不能只受你自己的苦？为什么不能用你自己的痛苦去买回你自己的罪？为什么你和我的小宝宝都必须受罪，只是因为我八年以前决定去一场棒球比赛？你必须去受每个人的罪，仅仅为了去相信上帝吗？这是什么上帝啊，必须用全世界的悲伤和毁灭去勒索他的顾客？

南希 他不想让你受苦。他也不喜欢苦难。但他没法控制。他就像一个有太多骡子的人。突然一天早上，他看了看四周，看见了更多的骡子，他甚至都没法一次数出来，更别说给它们找活儿干了，他所知道的一切就是它们是他的，因为至少没有别人想要认领它们，草场栅栏昨晚还围着它们，它们不能伤害自己，也至少不可能伤害别人。当周一到来的时候，他可以走进那里，把它们中的一些围起来，甚至抓起来，如果他留心绝不要冷落那些他没有围起来的。这样，一旦围上了它们，它们就会干活儿，会干得很好，只是他必须留心别靠它们太近，或者忘记它们中的另外一些在他身后，甚至当他在喂它们的时候。即使是又到了周六中午，当他把它们带回到草原，在那里即使是一头骡子都知道，得等到周一上午才能脱离骡子的原罪和骡子的快乐。

斯蒂文斯 你也必须有原罪，是吗？

南希 你不是必须，你没法控制，他知道的。但你可以受苦，他也知道的。他不是让你别去犯罪，他只请你别去。他不是让你去受苦，但他给你机会。他给你他能想到的最好的，你能做到的最好的。他就拯救了你。

斯蒂文斯 你也被拯救了？一个女谋杀犯？去天堂？

南希 我可以工作。

斯蒂文斯 竖琴，衣服，歌唱，也许不是为了南希·曼尼戈——现在不是。但仍然有工作要做——洗衣服，扫地，也许甚至有孩子要照料，要喂养，要防止他受伤或受损，不被成年人的脚踩到？

（他停了一会儿。南希什么也没说，一动不动，谁也不看）也许甚至是那个宝宝？

（南希没有移动，没有动，没有看着任何东西，她的脸平静、茫然、没有表情）那个也是吗，南希？因为你爱那个宝宝，甚至在你抬起手伸向他的那个时刻，知道除了抬起你的手之外没别的办法？

（南希没有回答也没有动）一个天堂，那个小孩在那里只会记得你手上的温柔，因为现在这个世界什么也不是，只是一个微不足道的梦了？

谭波儿 或者不是那个宝宝，不是我的，因为，自从我八年以前的那天从那列火车的后门溜走，毁了我自己，我就需要一个六个月大的婴儿所能做到的差不多所有的宽恕和遗忘。但另外一个，你的，你告诉过我，你怀了六个月的那个孩子，你去野餐或者跳舞或者嬉闹或者打架或者随便什么，那个男人踢了你的肚子，你的孩子没了？那一个也是这样吗？

斯蒂文斯 （对着南希）什么？你怀孕的时候，孩子的父亲踢了你的肚子？

南希 我不知道。

斯蒂文斯 你不知道是谁踢了你？

南希 我知道。我想你是说孩子的爸爸。

斯蒂文斯 你的意思是，那个踢你的男人甚至不是孩子的父亲？

南希　我不知道。他们中的任何一个都有可能是。

斯蒂文斯　他们中的任何一个？你不知道孩子的父亲是谁？

南希　(不耐烦地看着斯蒂文斯) 如果你把你的屁股弄进一个圆锯，你能分辨出是哪一个锯齿先打到你的吗？

(对着谭波儿) 那一个怎么样了？

谭波儿　那一个也会在那里，那个从来没有父亲，甚至也从来没有出生的，会去宽恕你吗？它也有一个天堂可去，这样它就可以宽恕你吗？有一个天堂吗，南希？

南希　我不知道。我相信。

谭波儿　相信什么？

南希　我不知道。但我相信。

从出口处的门外传来脚步声，他们都停下来，都看着那扇门，钥匙再次撞击门锁，门打开了，监狱官走进来，把门拉向身后。

监狱官　(看着门) 三十分钟了，律师。是你说的，你知道的，不是我。

斯蒂文斯　我晚点儿再来。

监狱官　(转过身，走向他们) 如果你不是来得太晚。我的意思是，如果你等到今晚再来，你可能会有一些同伴；如果你拖到明天，你就没有客户了。

(对着南希) 我发现你需要牧师。他说，他大约太阳下山的时候来这里。他的声音听起来有可能成为另一个很好的男中音。你不会有太多，尤其是今晚之后你就不需要了，是吧？别难过，南希。你犯下了这个郡见到过的最可怕的罪行，但你正在依法付出代价，如果孩子自己的母亲——

(他结巴了，几乎停顿，控制住自己，继续快速地说，又动起来)哎呀，又说多了。
来吧，如果律师跟你的谈话已经结束了。你可以在明天上
午的时候慢慢来，因为你可能会有一段漫长的艰难旅程。

　　他走到她前面，继续快速地走向后面的牢房。南希转
身跟上他。

谭波儿　(迅速地)南希。

(南希没有停下。谭波儿继续说，快速地)我怎么办？即使有一个人某个
人等在里面宽恕我，还有明天和明天。假如明天和明天，
然后那里没人了，没人等着来宽恕我——

南希　(继续跟着监狱官走)相信。

谭波儿　相信什么，南希？告诉我。

南希　相信。

　　她在监狱官后面退场进入牢房。台下的铁门发出声响，
钥匙的撞击声。然后监狱官再次出现，靠近，走向出口。他
打开锁，再次打开门，停下来。

监狱官　是的，先生。一段漫长的艰难的路。如果我傻到去犯
下杀人罪，因此让我的脖子伸进绳套，我最不想见的人就
是牧师了。我更愿意相信死后什么都没了，也不愿冒险去
相信有一站我可能会下来。

(他等着，扶着门，回头看看他们。谭波儿一动不动地站着，知道斯蒂文斯轻轻地碰了她的
胳膊。她动起来，稍微蹒跚了一下，很快就恢复了，以至于监狱官几乎没有时间做出反应，
但他还是做了：带着快速的关心，带着他身上的几乎温柔几乎会说话的品质，从门那里转过
来，甚至在他快速走向她时都没把门关上)这里；你坐在长凳上；我给你

倒杯水。

真该死，律师，你为什么非要带她——

谭波儿 （恢复了）我没事了。

　　　　她稳步走向那扇门。监狱官看着她。

监狱官 你确定？

谭波儿 （现在稳步地快速地走向他和那扇门）是的。确定。

监狱官 （转回身，对着门）好的。我肯定不会埋怨你。
　　　　甚至是一个黑人谋杀犯都没法忍受这种味道。

　　　　他继续走出那扇门，退场，但仍然扶着门，
　　　等着锁上它。谭波儿，后面跟着斯蒂文斯，靠
　　　近那扇门。

监狱官的声音 （在台下：惊讶地）你好。戈文，你妻子
　　　　在这里。

谭波儿 （走着）谁来拯救。谁需要它。如果没有，我
　　　　就完了。我们都完了。注定完了。完蛋了。

斯蒂文斯 （走着）当然我们完了。上帝不是两千多
　　　　年来一直在告诉我们吗？

戈文的声音 （在台下）谭波儿。

谭波儿 来了。

　　　　他们退场。门关上，发出撞击声，当监狱
　　　官再次将门锁上时钥匙相互撞击；三个人的脚
　　　步声响起，在外面的走廊上远去。

（大幕落下）

新编新译
世界文学
经典文库

作者
小传

William Faulkner

1897 — 1962

福 克 纳 小 传

许诗焱

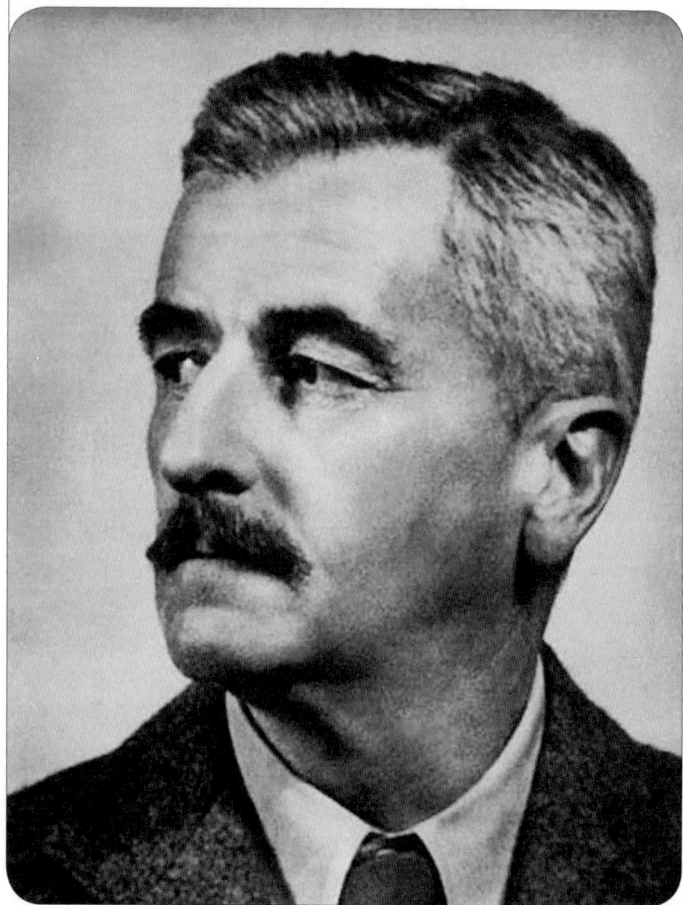

威廉·福克纳 (1897—1962) 生于美国南方的密西西比州，这里阳光充沛，土壤肥沃。福克纳的曾祖父是奥克斯福德小镇的大人物，既是成功的种植园主又是经营铁路的实业家，还曾经自己组建军队参加战斗，被小镇居民尊称为"老上校"。"老上校"的丰功伟绩至今犹存，密西西比州的一个小镇甚至以福克纳家的姓氏命名。曾祖父还是一位作家，著有几篇小说和其他一些作品。曾祖父是幼年福克纳崇拜的对象，小镇居民口中反复传颂的"老上校"的各种事迹，后来都成为福克纳文学创作的素材。福克纳的作品中经常出现的那位约翰·沙多里斯上校，在很大程度上就是以这位传奇曾祖父为原型的。尽管家族显赫，但到了福克纳父亲这一辈已经家道中落。福克纳的父亲不停地换工作，却总也找不到自己的安身立命之所，一生几乎是一事无成。福克纳的母亲有着非常坚定的意志和超强的自尊心，福克纳作品中不少坚强的女性形象身上都有他母亲的影子。

福克纳的身材一直比同龄人矮小，这让他的性格相对孤僻，不喜欢集体活动，经常一个人安静地阅读。他从九岁就开始对周围的人说，"我要像曾祖父那样当个作家"。这个梦想被他反复说了很多次，正所谓"念念不忘，必有回响"，他后来不仅成了作家，而且是闻名世界的大作家。福克纳一生共完成十九部长篇小说和一百二十余部短篇小说，还有诗歌、电影剧本、随笔等其他作品。他两度荣获美国国家图书奖，两度荣获普利策小说奖，1949年荣获诺贝尔文学奖。福克纳为奥克斯福德小镇所做的贡献，也远远超过了他的曾祖父，他将"邮票大小的故乡"幻化为自己笔下的约克纳帕塔法，穿越时空的边界，成为世界文学的地标。

尽管成就卓著，但福克纳在文学之路的起步阶段也曾遭遇不少坎坷。1916年，十九岁的文学青年福克纳在升学考试中失败，家人帮他在当地银行谋得一份工作，他觉得这种朝九晚五的单调生活简直无法忍受。1917年4月，美国正式对德宣战，加入已经打了三年的第一次世界大战。福克纳与当时很多美国青年一样激动不已，他决定报名参军，却因身高不足而未能如愿。1918年6月，他终于成功加入英国皇家空军加拿大飞行队，当然他是

1918年威廉·福克纳加入英国皇家空军

通过假装成英国人才做到的——他用一份假文件证明自己在伦敦的住址，还成功地模仿了英国口音。他在多伦多训练营接受了军事训练，但他实际上并没有参加过战斗，因为第一次世界大战在那一年的11月就结束了。从军队无功而返之后，他出门时总爱

穿着军装，还故意一瘸一拐地走路，逢人便说，自己在战场上受了重伤，至今脑壳里还留有一个金属弹片。

1919年，福克纳以退伍军人的身份进入密西西比大学，他选修了法语、西班牙语和莎士比亚三门课程。不久，福克纳就开始在学生刊物《密西西比人》上发表诗歌，1919年11月26日，他发表人生第一篇小说《侥幸着陆》，主人公汤姆逊在空军训练营经历了一次危险的试飞，这次恐怖的体验却成为汤姆逊吹牛的资本。福克纳后来选择离开密西西比大学，依靠父母和朋友的接济四处游荡，经常出入酒吧和妓院，开始酗酒。1921年，福克纳在纽约的一家书店找到一份差事，工作很无趣，但他借此机会阅读了大量的文学作品。1922年，福克纳回到密西西比，担任密西西比大学邮政所的所长。他上班时不是阅读书报就是喝酒打牌，邮件递送时常延误，招来很多投诉。1924年，这位不称职的所长毫无悬念地被解雇。

1925年7月，福克纳追随当时很多有文学抱负的迷惘青年，来到文学氛围浓厚的巴黎。据说他曾在一家饭店偶遇乔伊斯，但只是远远地看着乔伊斯与家人吃饭聊天。有人问他，为什么当时

不走过去和大师交谈？福克纳回答，看着就很好了，何必交谈？
1926年，在舍伍德·安德森的推荐下，福克纳首部长篇小说《士
兵的报酬》在美国出版。多年以后，福克纳依然对安德森充满感
激，他在一篇名为《记舍伍德·安德森》的随笔中记录了这位文
学前辈对他提出的写作建议："你必须要有一个地方作为起点，

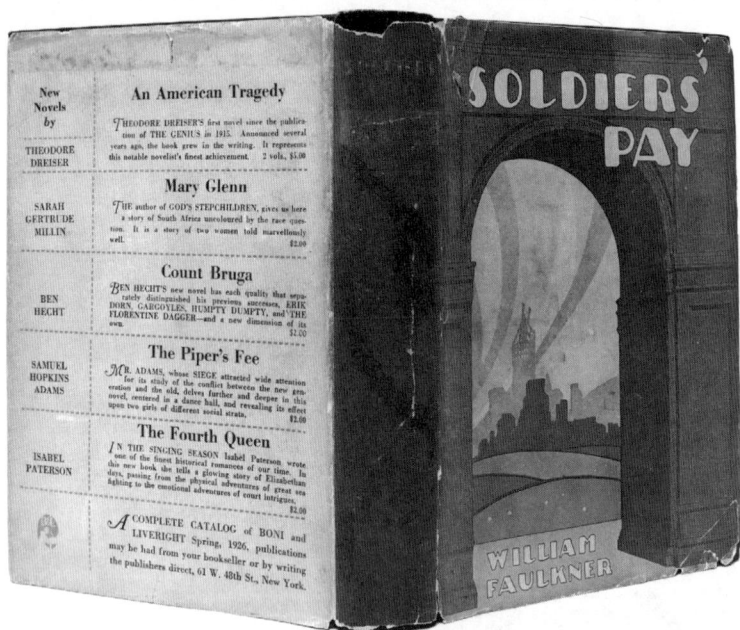

是什么地方关系不大，只要你能记住它也不为这个地方感到羞愧
就行了。因为，有一个地方作为起点是极其重要的。你是一个乡
下小伙子，你所知道的一切也就是你开始自己事业的密西西比州
的那一小块地方。不过这也可以了。"1927年福克纳第二部长篇
小说《蚊群》出版，在美国国内获得不少赞誉，但他依然酗酒，物

质上仍然依赖家人和朋友的资助。

1929年，福克纳回到密西西比并出版小说《沙多里斯》。这部"献给舍伍德·安德森"的小说采纳了安德森的建议，福克纳开始用文字建造以故乡为中心的文学地理，约克纳帕塔法由此破土动工。1929年10月7日，《喧哗与骚动》出版，受到评论界的好评。1930年4月，福克纳最著名的短篇小说《献给爱米丽的一朵玫瑰花》发表在《论坛》杂志，引起极大反响。当年的诺贝尔文学奖得主辛克莱·刘易斯在其获奖演说中提到福克纳，认为他"把南方从多愁善感的女人的眼泪中解放了出来"。1930年10月6日，《我弥留之际》由纽约凯普与史密斯公司出版。12月，该公司又推出了修订版的《圣殿》，这部小说的初稿之前曾被其他出版社拒绝。1932年和1936年，福克纳又出版了两部长篇小说：《八月之光》和《押沙龙，押沙龙！》。1939年，福克纳在《哈泼斯》期刊上发表短篇小说《烧马棚》，并获欧·亨利奖，这是他第一次获

得文学奖项，当年他又入选美国艺术文学学院，并成为《时代周刊》的封面人物。1941年，福克纳发表短篇小说《熊》，这篇小说对美国文坛产生了深远的影响，被誉为"解读福克纳全部小说乃至美国南方文学的钥匙"。1942年，福克纳出版《去吧，摩西》。福克纳在这一阶段所写的作品，故事发生的地点几乎都是约克纳帕塔法，六百多个有名有姓的人物盘根错节，两百多年的历史若隐若现。

1949年，福克纳在与帕斯捷尔纳克、斯坦贝克、加缪、海明威等众多名家的角逐中获得诺贝尔文学奖，瑞典学院在授奖词中称赞他"为当代美国小说做出了强有力的和艺术上无与伦比的贡献"。他最初不想去参加颁奖礼，但后来还是在女儿吉尔的陪同下前往斯德哥尔摩，因为他最疼爱的女儿想去瑞典。福克纳没有按照妻子的要求暂停酗酒，因此在隆重的颁奖仪式上不免精神萎靡。他用浓重的美国南方口音匆匆念完预先写好的演说词，这次演说后来被认为是诺贝尔文学奖历史上最著名的演说之一。他用诺贝尔奖

奖金中的一部分设立了"福克纳小说奖"，用以鼓励和支持年轻的小说家，另一部分则捐给密西西比的奥克斯福德银行，设立奖学金，专门资助当地的非洲裔学生和教师。

获得诺贝尔文学奖之后，福克纳在公众场合露面的机会有所增加，但这些活动似乎并未影响他的文学创作，他继续在作品中建构约克纳帕塔法的人物和历史谱系。1951年，福克纳的短篇小说集获得美国国家图书奖，同年出版"既可以被看作剧本也可以被看作小说"的《修女安魂曲》。1954年，福克纳出版长篇

1957年在柏林施洛斯帕克剧院上演的《修女安魂曲》剧照

小说《寓言》，获得普利策小说奖，并且再一次获得美国国家图书奖。1954年至1955年期间，他访问了英国、法国、巴西、日本等地，各大媒体进行了广泛报道。1957年2月，福克纳成为弗吉尼亚大学的驻校作家。3月他前往希腊，接受雅典科学院银质奖章。1957年和1959年，福克纳分别出版长篇小说《小镇》和《大宅》。1962年，福克纳出版最后一部小说《掠夺者》。那一年，福克纳收到白宫的邀请，请他与其他五十位诺贝尔奖得主一起出席约翰·肯尼迪总统主持的晚宴。福克纳拒绝了，他说自己"这样的年纪已经太老了，不宜走这么远的路去和陌生人一起吃饭"。1962年5月，福克纳去纽约接受美国艺术文学学院颁发的小说金质奖章。1963年,《掠夺者》再次获得普利策小说奖，这是普利策奖第二次颁给已经去世的人。

在文学创作渐入佳境、登峰造极的同时，福克纳的个人生活却并不如意，他经常一边写作，一边借酒浇愁。福克纳的妻子埃丝特尔是他的初恋情人，两人青梅竹马，埃丝特尔小时候曾经对福克纳说，将来一定会嫁给他。她的确嫁给了福克纳，但却是在跟第一任丈夫离婚之后。福克纳与埃丝特尔举办婚礼时，双方家庭都不看

好这桩婚事，他们自己其实也在犹豫。还在蜜月期间，埃丝特尔就尝试自杀，靠镇静剂才得以控制。埃丝特尔的前夫是位有钱的律师，埃丝特尔在嫁给福克纳之后仍然保持着贵妇的消费习惯，让福克纳一度几乎处于破产的边缘。1940年，福克纳让自己的经纪人请求兰登书屋为《去吧，摩西》预付一笔稿费，他在给经纪人打电话时说："在给你打这个电话的时候，我没钱去支付让我们家灯泡发亮的15美元电费。"福克纳后来不得不在报纸上刊登声明，说自己不再负担埃丝特尔的账单。

弟弟迪安的意外离世也让福克纳痛苦不堪。当福克纳刚刚因为写作而手头宽裕时，他就买了一架单翼飞机，希望重温自己当年在皇家空军时的飞行经历。迪安在哥哥的影响之下，也爱上了飞行。1935年11月10日，迪安在飞行时发生事故，死在了福克纳买来的飞机里。福克纳悔恨不已，他认为弟弟的死是他一手造成的，因为最初是他鼓励迪安学习飞行。福克纳深深地陷入悲痛之中，经常独自待在书房里，用酒精和文字麻醉自己。当然，他也从此责无旁贷地负担起侄女所有的生活开销。

为了维持一家人的生活，福克纳写了大量的短篇小说，不断地投给各种杂志，以获得稿费。这些短篇小说中不乏杰作，比如上文中提到的《献给爱米丽的一朵玫瑰花》《烧马棚》《熊》等，但也有不少仓促完成的粗糙之作。福克纳还接受了好莱坞的邀请，1932年开始撰写电影剧本，周薪三百美元至一千美元不等。福克纳最初对创作电影剧本还是有一些热情的，他在十多年的时间里断断续续地写了不少电影剧本，但他显然对这一行并不胜任，所有由他担任编剧的电影都反响平平。到了1945年，福克纳已经彻底地感到厌倦，宁可支付高昂的违约金，也要离开好莱坞。他的离职理由听起来非常任性却让人无从拒绝——他的那匹母马快要生了，而它想把自己的小马驹生在密西西比州。

当福克纳终于回到密西西比，殚精竭虑的写作和无法控制的酗酒已经严重损害了他的健康，再加上他不肯放弃骑马这一危险的爱好，不断发生堕马事故，福克纳的身体每况愈下，他自己似乎也预感来日无多。1960年年底，64岁的福克纳立好遗嘱，将自己所有的手稿捐给威廉·福克纳基金会，并将女儿立为董事会主席。1962年7月5日，福克纳住进了疗养院，次日凌晨1时30分因心脏病突发逝世。福克纳去世后，遗体被安葬在奥克斯福德的家族墓地，亲友和小镇居民们参加了他的葬礼，据说那天非常闷热。福克纳的墓位于两棵松树之间的一块平缓的坡地，与家族里其他人的墓几乎没有什么差别。多年之后，有人看到加西亚·马尔克斯独自在这里坐了很长时间。

　　福克纳去世至今的六十多年中，世界文学的风潮经历了无数次的变化，但福克纳在学术界的地位非常稳固，福克纳及其作品一直是受人瞩目的研究主题。虽然福克纳的作品进入中国的时间比较晚，但福克纳对当代中国文学产生了非常重要的影响。莫言读了福克纳的作品之后，"感到如梦初醒……他的约克纳帕塔法县尤其让我明白了，一个作家，不但可以虚构人物，虚构故事，而且可以虚构地理"。余华认为，"影响过我的作家很多……可是成为我师傅的，我想只有威廉·福克纳"。当我们在时间和空间的双重距离中阅读福克纳，他作品中所包含的"普遍意义"愈加凸显。福克纳对人类生存困境的深刻洞察，让他的作品超越美国南方，在遥远的中国引起了共鸣。当然，福克纳之所以能够让很多中国读者感同身受，离不开李文俊先生的贡献，他几乎倾尽一生翻译福克纳的作品。在诺贝尔文学奖颁奖仪式上，福克纳说自己的写作是"艰苦而痛苦的工作，投入毕生的精力，既不为名也不图利，而是要从人类的精神原料中创造出一些前所未有的东西"。我觉得李文俊先生的翻译工作也是如此。

　　福克纳的作品几乎都被翻译成中文，只有《修女安魂曲》目前暂无译本。这也许是因为加缪所改写的剧本《修女安魂曲》更为人熟知（李玉民先生已经将加缪的《修女安魂曲》翻译成中文）。其实福克纳的《修女安魂曲》不应该被忽视，它不仅是福克纳获得诺贝尔文学奖之后出版的第一部作品，也是福克纳正式出版的唯一一个剧本——对这部著作的文类归属问题，其实福克纳本人在不同时期也有过不同的结论，但据他的邻居回忆，福克纳一生之中"最想干的事"就是写一部戏剧。《修女安魂曲》出版之后，评论界对其评价不高，似乎应验了那个几乎无人能够幸免的"诺贝尔奖魔咒"。但远在法国的加缪慧眼识珠，他在该作品法文译本基础上进行改编，《修女安魂曲》1956年在巴黎上演之后引起轰动。加缪的改编不仅让福克纳的这部不被评论界看好的作品重新绽放，也为他自己的文学事业锦上添花，在《修女安魂曲》上演的第二年，加缪就登上了诺贝尔文学奖的领奖台。

作为这本书的译者，我其实非常忐忑。福克纳的作品以绵延婉转的繁复长句和抽象精致的巨量词汇著称，在让读者沉迷其中的同时，也对译者的能力构成了极大的挑战。我之所以决定接受翻译《修女安魂曲》的艰巨任务，最主要的原因是它尚无中译本。我知道自己的功力有限，即便倾尽全力，疏漏也在所难免，在此敬请读者指正。20世纪80年代，李文俊先生在翻译《喧哗与骚动》时，曾经向钱锺书先生请教，钱先生在回信中写道："翻译（福克纳）恐怕吃力不讨好。你的勇气和耐心值得上帝保佑。"我就借用钱先生的话为自己壮胆吧。

dd Ob
gratitud
Hectore
Bill Foulkner
oxford
1952

福 克 纳 年 表

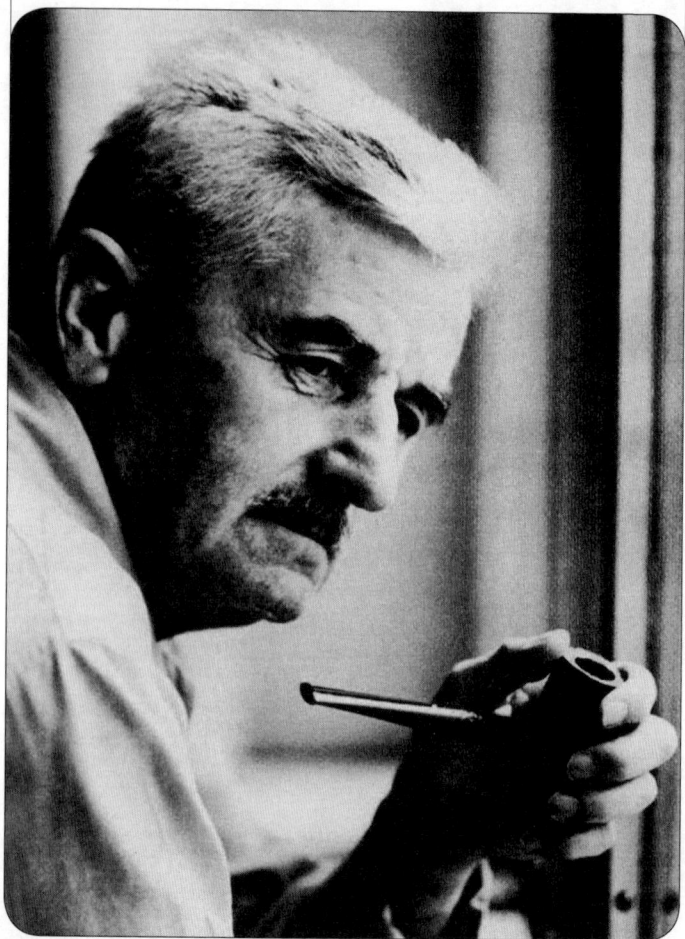

1897年 9月25日，生于密西西比州新奥尔巴尼。

1902年 全家迁至奥克斯福德。

1905年 进入奥克斯福德小学一年级学习。

1906年 跳级至三年级。

1911年 在奥克斯福德中学上八年级时开始逃学。

1914年 上完十一年级后辍学。

1915年 离开奥克斯福德中学。

1916年 在银行任职，但很快离职。

1918年 3月报名参军，遭到拒绝。4月18日，初恋情人埃丝特尔·奥德姆嫁给科内尔·富兰克林。6月加入英国皇家空军加拿大飞行队。12月初退伍，回到奥克斯福德。

1919年 8月在《新共和》杂志上发表诗歌《牧神的午后》。9月进入密西西比大学。11月在《密西西比人》和《鹰报》发表诗歌。

1920年 11月从密西西比大学退学。12月下旬，手抄本诗剧《提线木偶》问世。

1921年 将诗集《春时幻景》的打字稿作为礼物送给埃丝特尔。9月在纽约的一家书店任职。12月回到奥克斯福德，担任密西西比大学邮政所所长。

1922年 在《两面人》杂志发表诗歌《肖像》。

1924年 10月被密西西比大学邮政所解雇。12月出版诗集《大理石牧神》。

1925年 7月启程前往欧洲。8月到达巴黎。12月返回美国。

1926年 2月出版《士兵的报酬》。

1927年 4月出版《蚊群》。

1929年 1月出版《沙多里斯》。4月18日，埃丝特尔与科内尔·富兰克林离婚。6月20日，与埃丝特尔结婚。10月出版《喧哗与骚动》。

1930年 6月迁入奥克斯福德"山楸橡树"别墅。10月出版《我弥留之际》。

1931年 1月11日，女儿亚拉巴玛出生，但十天后夭折。2月出版《圣殿》。9月出版《这十三篇》。

1932年 5月与米高梅公司签约，开始为好莱坞写电影剧本。8月6日，父亲去世。10月出版《八月之光》。

1933年 4月出版《绿枝》。6月24日，女儿吉尔出生。

1934年 4月出版《马丁诺医生及其他》。7月与环球影业公司签约，工作三周。

1935年　3月出版《标塔》。11月10日，弟弟迪安在驾驶飞机时发生事故，机毁人亡。12月与二十世纪福克斯公司签约，工作五周，遇到米塔·卡彭特，开始一段持续十余年的婚外亲密关系。

1936年　10月出版《押沙龙，押沙龙！》。

1938年　2月出版《没有被征服的》，将电影版权出售给米高梅公司。2月购买一处地产，命名为"绿野农庄"。

1939年　1月出版《野棕榈》。11月入选美国艺术文学学会。

1940年　4月出版《村子》。

1942年　5月出版《去吧，摩西》。7月与华纳公司签约，工作五个月，后来又签订了长期合同。

1946年　4月，由马尔科姆·考利主编的《袖珍本福克纳文集》出版。

1947年　4月在密西西比大学授课。

1948年　7月，将《坟墓的闯入者》电影版权出售给米高梅公司。9月出版《坟墓的闯入者》。

1949年　2月协助拍摄电影《坟墓的闯入者》。10月获得诺贝尔文学奖。11月出版《让马》。

1950年　8月，《威廉·福克纳短篇小说集》出版。12月8日，与吉尔一起去斯德哥尔摩领取诺贝尔文学奖。

1951年 　2月出版《盗马贼笔记》。3月，《威廉·福克纳短篇小说集》获得美国图书奖。4月出发去法国、英国，旅行三周。9月出版《修女安魂曲》。10月26日，接受法国总统颁发的荣誉勋章。

1952年 　5月出发去法国、英国、挪威，旅行一个月。

1953年 　11月去巴黎，为霍华德·霍克斯编写电影剧本《法老们的土地》。

1954年 　1—3月，访问英国、法国、瑞士、意大利、埃及。8月出版《寓言》。8月访问秘鲁、巴西。

1955年 　1月，《寓言》获得美国图书奖。5月，《寓言》获得普利策小说奖。7月访问日本。8—9月，访问意大利、法国、冰岛。10月出版《大森林》。

1956年 　9月11日，去华盛顿担任为期四天的"人际计划"作家大会主席。

1957年 2月担任弗吉尼亚大学驻校作家。3月访问希腊,接受希腊科学院银质奖章。5月出版《小镇》。

1958年 5月,去普林斯顿商讨"人文会议"事宜。

1959年 1月30日,《修女安魂曲》在百老汇首演。9月去丹佛参加为期四天的联合国教科文组织会议。11月出版《大宅》。

1960年 10月16日,母亲去世。12月28日,立遗嘱,将所有手稿赠予威廉·福克纳基金会。

1961年 4月访问委内瑞拉。

1962年 5月24日,在纽约接受美国艺术文学学院颁发的小说金质奖章。6月出版《掠夺者》。7月5日进入疗养院,7月6日因心脏病发作逝世。7月7日,被安葬在奥克斯福德的家族墓地。

福 克 纳 作 品

中 英 文 名 称 对 照 表

中文名称	英文名称	年份	体裁
《大理石牧神》	The Marble Faun	1924	诗集
《士兵的报酬》	Soldiers' Pay	1926	长篇小说
《蚊群》	Mosquitoes	1927	长篇小说
《沙多里斯》	Sartoris	1929	长篇小说
《喧哗与骚动》	The Sound and the Fury	1929	长篇小说
《我弥留之际》	As I Lay Dying	1930	长篇小说
《圣殿》	Sanctuary	1931	长篇小说
《这十三篇》	These 13	1931	短篇小说集
《八月之光》	Light in August	1932	长篇小说
《绿枝》	A Green Bough	1933	诗集
《马丁诺医生及其他》	Doctor, Martino and Other Stories	1934	短篇小说集
《标塔》	Pylon	1935	长篇小说
《押沙龙，押沙龙！》	Absalom, Absalom!	1936	长篇小说
《没有被征服的》	The Unvanquished	1938	长篇小说
《野棕榈》	The Wild Palms	1939	中篇小说集
《村子》	The Hamlet	1940	长篇小说
《去吧，摩西》	Go Down, Moses	1942	长篇小说
《袖珍本福克纳文集》	The Portable Faulkner	1942	作品选集
《坟墓的闯入者》	Intruder in the Dust	1948	长篇小说
《让马》	Knight's Gambit	1949	短篇小说集
《威廉·福克纳短篇小说集》	Collected Stories of William Faulkner	1950	短篇小说集
《修女安魂曲》	Requiem for a Nun	1951	长篇小说
《寓言》	A Fable	1954	长篇小说
《大森林》	Big Woods	1955	短篇小说集
《小镇》	The Town	1957	长篇小说
《大宅》	The Mansion	1959	长篇小说
《掠夺者》	The Reivers	1962	长篇小说
《早期散文与诗歌》	Early Prose and Poetry	1962	作品集

许诗焱

　　1976年生，江苏南京人。2008年毕业于南京大学外国语学院，英语语言文学博士。2010年在美国加利福尼亚大学圣塔芭芭拉分校戏剧与舞蹈系访学。2015年在美国俄克拉荷马大学中国文学翻译档案馆访学。2023年在美国俄勒冈大学亚洲与太平洋研究中心访学。现为南京师范大学外国语学院教授、博士生导师，中国作家协会会员，江苏省作家协会外国文学委员会副主任，国际尤金·奥尼尔学会亚洲秘书长。出版专著《主流戏剧的"风向标"——21世纪普利策戏剧奖研究》，译著《尤金·奥尼尔：四幕人生》、*Mo Yan Speaks: Lectures and Speeches by the Nobel Laureate from China*等，主编《当代中国名家双语阅读文库》(第二辑)。